大魚讀品
BIG FISH BOOKS

让日常阅读成为砍向我们内心冰封大海的斧头。

你喜欢勃拉姆斯吗……

Aimer-vous
Brahms...

[法] 弗朗索瓦丝·萨冈 / 著

许翡玎 / 译

浙江人民出版社

献给居伊

第一章

　　波勒对着镜子凝视自己的脸庞，细数三十九年来累积在脸上的败绩，一件又一件，却丝毫没有在此种情境下常有的惊慌和戾气，反而透着一股心不在焉的平静。她时不时用两只手指拉扯皮肤，指出一道皱纹，圈出一块暗沉，仿佛这副温热的皮囊属于另一个人，属于另一个热切关注其美貌的波勒，另一个正艰难地从"年轻"走向"显年轻"的女人，一个她几乎不认识的女人。她站在镜子前消磨时间。这个想法令她哑然失笑，因为她发现其实是时间在一点一点地消磨她，不知不觉地，侵蚀着她曾经深爱的容貌。罗杰应该会在九点钟到来。现在是七点，她的时间还很多。闭着双眼躺在床上，什么也不去想。还来得及舒缓下来，放松自己。可是她在白天想过什么，令自己如此心绪激动、疲惫不堪，以至于晚上需要休息呢？她无精打采，坐立不安，从一个房间踱进另一个房间，从一扇窗前走到另一扇窗前。她很熟悉这种心情。这是她童年时期，在那些下雨天里的心情。

她走进浴室，俯下身子去触碰浴缸里的水，这个动作让她忽然想起另一个……那是在大约十五年前，她还跟马克在一起——他们一起度假的第二年，那时她已感觉到这段感情无法再继续走下去了。他们坐在马克的帆船上，船帆在风中鼓起，就像一颗悬着的心，那年她二十五岁。忽地，她心中油然而生一种浓浓的幸福感，坦然接受生命中的一切，接纳整个世界，顿觉一切都很美好。为了掩盖自己的表情，她向着船舷俯下身子，将手指浸入流水中。小小的帆船向一侧倾斜，马克朝她投去漠然的一瞥，眼神中藏着不为人知的隐秘，而在她心里，幸福旋即化作讽刺。当然，后来和其他人在一起或者从其他人身上，她也得到过快乐，但再也没有这种彻彻底底、无可替代的快乐。这段记忆终究像是一个未被信守的承诺。

罗杰就要来了，她会向他解释，努力向他解释。他会做出一副得意扬扬的样子，说"好，当然"。每当发现生活的虚伪欺诈，他就会表现出那种得意，带着一种由衷的兴奋谈论存在的荒诞，谈论他们将荒诞延续下去的执迷不悟。不过，这一切在他身上得到了补偿，化为源源不绝的精力和总是大开的胃口，说到底，就是一种只有睡意才能将其打断的怡然自得。于是，他瞬间便能入睡，将手放在心口，睡着时也像清醒时那样关心自己的性命。不，她不能向罗杰解释说她已经厌倦了，说她受不了这种像戒律一般扎根在他们之间的自由，而这自由只有他一个人在享受，对她而言只意味着孤独寂寞。她也不能告诉他，有时候她觉得自己就像是他厌恶的那些占有欲很强的贪心女人。忽然间，在她眼里自己那间空荡荡的公寓变得既骇人又无用。

九点钟，罗杰按响了门铃。波勒为他开门。见他笑容满面，略显笨重地戳在门前，她又一次妥协了。她告诉自己，这就是她的命运，她爱他。他将她拥入怀中：

"你穿得真好看……我好想你。你自己一个人吗？"

"对。进来吧。"

你自己一个人吗？……如果她回答他"不是，你来得可真不巧"，那他会怎么做呢？然而六年来，她从来没有这样说过。他每次来都不忘问她这个问题，有时还会向她道歉，说自己打扰到了她，透着一股狡猾劲儿。比起他对爱情的不忠，她更讨厌他的狡猾（他甚至不肯承认她会因为他而感到寂寞和忧伤）。她朝他笑了笑。他打开一瓶酒，斟满两杯，坐了下来：

"来我的身边，波勒。你觉得我们去哪儿吃晚餐好呢？"

她在他身旁坐下。他神色疲惫，她也是。他拉起她的手，紧紧握着。

"我现在的情况混乱又复杂。"他说道，"有一堆愚蠢至极的麻烦事，那一帮白痴、废物，真让人不敢相信。唉！你知道的，生活在乡下……"

她笑道：

"你又在想你的贝西码头，想你那些仓库和货车，还有你在巴黎度过的那些悠长的夜晚……"

听见最后一句话，他露出微笑，伸了个懒腰，向后倒在长沙发上。她没有转过身，而是看着他覆在她手上的那只手，一只张开的大手。她了解他的一切，他那头低垂的浓密头发、那双微突的蓝眼睛里流露出来的真实情绪、他嘴角的褶皱……她全都记在心上。

"对了，"他说，"说到我那些疯狂的夜晚，有一晚，我被警察逮住，像个街头小混混一样。我跟一个家伙打了一架。四十多岁的人……被带去了警察局……你想想……"

"你为什么要打架？"

"我不记得了，但肯定是因为他坏透了。"

回忆起自己大显身手的场面，他似乎来了精神，一下跳了起来。

"我知道我们去哪儿吃晚餐了，"他说，"去皮埃蒙特餐馆。吃完我们再去跳舞，如果你觉得我跳得还像样的话。"

"你明明是在溜达,"波勒说道,"才不是跳舞呢。"

"有的人可不这么想。"

"如果你说的是你勾搭过的那些倒霉女孩,"波勒说,"那就是另一回事了。"

他们哈哈大笑。罗杰的那些小艳遇是两人之间的绝佳笑料。波勒在墙上靠了一会儿,随后扶着栏杆下了楼。她实在有些心灰意冷。

坐在罗杰的车上,她漫不经心地伸出一只手打开收音机。在仪表盘暗淡的灯光下,她一瞬间瞥见自己修长的、经过悉心呵护的手。血管铺陈在手背上,攀上手指,交错成一幅杂乱无章的图画。就像我的人生一样,她心想,随即又否定了这个比喻。她拥有一份自己喜爱的工作,一段没有遗憾的过去,一些要好的朋友,还拥有一段稳定的关系。她转过身子面向罗杰:

"在和你一起去吃晚餐的路上,打开你车上的广播,这个动作我做过多少回了?"

"我不知道。"

他斜睨了她一眼。尽管他们相爱的时间不短,他也坚信她很爱他，但他对她的情绪变化总是格外敏感，随时窥探着她的动静，就像他们刚在一起的时候……她忍着没问出那句"你记得吗？"并且决定今晚要倍加关注自己的多愁善感。

"我看起来很累吗？"

"没有。倒是我自己有时觉得有点儿累。"

他朝她伸出手，她用双手握住。他开得很快，车子在熟悉的道路上飞驰而过，一场秋雨让巴黎熠熠生辉。他笑了。

"我在想为什么我要开得这么快。恐怕是我自己想假装年轻人。"

她没有回答。从她认识他开始，他就总是做出一副年轻人的样子，自视为"年轻人"。直到不久之前他才向她承认这一点，而这段坦白本身就让她忧惧不已。她越来越恐惧，担心自己越是深入了解，越是温情脉脉，便会在不知不觉间沦为他的知心密友。他是她的生命，可他忘了这一点，而她十分自尊自爱，这也促使他忘记。

两人静静地共进晚餐，聊着像罗杰那样的运输公司都会面临的困扰，接着她给他讲了两三件发生在她负责装饰的那些商店里的趣事。法特商店的一名女顾客强烈要求她来负责装潢自己的公寓。那是一个美国女人，相当富裕。

"范·登·贝什？"罗杰说道，"这可让我想起了点儿什么。啊！对了……"

她挑了挑眉。回想起某一类往事，他总会变得十分愉快。

"我以前认识她。在战争[1]之前，如果我没记错的话。她那时候总爱去'佛罗伦萨餐馆'。"

"后来呢，她结了婚，又离了婚，诸如此类。"

"对，对，"他沉浸在遐想之中，"她的名字叫作……呃……"

波勒被他惹得心头火起，突然很想把叉子插进他的手心。

"她的名字叫什么，我不感兴趣。"她说，"我觉得

---

1 指第二次世界大战。——本书注释均为译者注

她虽然有不少钱，但没什么品位。不过我正是要依靠这样的人来维持生计。"

"她现在多大年纪了？"

"六十多岁。"她冷冷地回答道。看见罗杰的表情，她哈哈大笑。他朝着餐桌倾过身，盯着她：

"你真是太坏了。你总是想打击我，让我难受。尽管我不该爱你，但我还是爱你。"

他故意做出一副受害者的样子，乐在其中。她叹了一口气。

"不管怎么样，我明天还得去她那儿，在克勒贝尔大街。我现在紧钱用，你也是。"见他抬起手，她赶紧加了一句。

"我们聊点儿别的吧。"他说，"一起去跳会儿舞。"

到了夜总会，两人在一张远离舞池的小桌子旁边坐下，一言不发地看着来来往往的面孔。她将手放在他的手里，这让她感到无比安全，完全习惯于他。她从未费力去结识过另一个男人，从这份确信之中，她得到的是一种悲哀的幸福。他们跳起舞。他强有力地搂着她，从舞池的一头跳到另一头，完全没有踩在节奏上，却一脸扬扬自得。她觉得特别快乐。

晚些时候，两人开车返回。他下了车，在门廊前将她拥入怀中。

"你去睡觉吧。明天见，亲爱的。"

他轻柔地吻了吻她，便离开了。她挥了挥手。他越来越频繁地留她自己一个人睡。她的公寓空荡荡的，而她眼含泪水，仔细将衣物整理好，之后才坐到床上去。这一夜，她又是形单影只。在她眼里，自己的往后余生将会是接连不断的孤独夜晚，在从未被弄乱的床铺上，在一片如久病般阴郁的死寂里。躺在床上，她不自觉地伸出手臂，好似有一个温热的胸怀等着她抚摩；她轻轻呼吸，仿佛这样就能呵护某个人的睡梦。某个男人或者某个孩子。无论是谁都好，只要是需要她、需要她的温暖来入睡和醒来的人。可是没有人真正需要她。罗杰，也许吧，时不时地……但他不是真的需要她。不是感情上的需要，而是生理上的需要，对此她偶尔也能感受到。她心中苦涩，细细咀嚼着她的孤独。

罗杰把车停在家门前，又徒步行走了很长一段时间。他深深地呼吸，逐渐加大步幅。他觉得很舒服。每次见到波勒的时候，他都会感觉很舒服，他只爱她一个人。不过，今天晚上，在离开她时，他感觉到了她的哀伤，却不知道该说些什么。她隐约对他有所请求，他很清楚她所求的是什么，却给不了她，也永远给不了任何一个人。也许，他应该留下来和她待在一块儿，跟她做爱，这依然是安抚一个女人的最佳方法。但是他特别想走一走，四处游荡，走遍大街小巷。他很想听听自己的脚步落在路面上的声音，想要察看这座自己已经十分熟悉的城市，也许还想撞上几场深夜的艳遇。他朝着河岸尽头的灯火走去。

第二章

　　波勒醒来，感到浑身乏力，可时间不早了，她只好匆匆忙忙地出了门。在去办公室之前，她要先去那个美国女人的家里一趟。十点钟，她来到克勒贝尔大街，走进一间空着一半的会客厅，因为女主人还在睡觉，她便在镜子前静静地整理妆容。她是在镜子里看见西蒙走过来的。他身上穿着一件过于宽大的晨衣，头发凌乱，俊美非常。不是我的类型，她这样想着，始终没有转过身，对着镜子微微一笑。他身形瘦削，头发是很深的棕色，配上那双颜色浅淡的眼眸，显得过于纤细。

　　一开始，他没有发现她，低声哼着小曲，径自向窗边走去。她咳了一声，他才回头看到她，心虚的表情就像是在干坏事被逮了个正着。波勒灵光一闪，心想这大概是范·登·贝什太太最近的新欢。

"请见谅，"他说，"我刚才没有看见您。我是西蒙·范·登·贝什。"

"您的母亲邀请我今早来这儿，负责装潢她的公寓。恐怕我把大家都吵醒了。"

"不管怎么说，人都是要起床的，或迟或早而已。"他郁闷地说道。波勒厌倦地想，他应该是那种爱发牢骚的小伙子。

"您请坐。"说完，他在她的对面小心翼翼地坐下，将晨衣收拢在身侧。

见他手足无措的样子，波勒心中萌生出一丝朦胧的好感。无论如何，他似乎对自己的外貌毫无自觉。这挺出人意料的。

"我想，雨应该一直没停过吧？"

她笑了出来。她心想，她坐在这儿，一副商界女性的样子，在上午十点钟，吓坏了一个穿着晨衣、长得过于俊美的小伙子。要是罗杰看到这幅情景，会做出什么样的表情。

"是啊，是啊，下着雨呢。"她欢快地回答道。

他抬起眼。

"您希望我跟您聊些什么呢？"他说，"我不认识您。如果之前就认识，我会告诉您：'再次见到您，我很高兴。'"

波勒不禁哑然，盯着他看。

"为什么？"

"就是这样。"

他扭过头。她越发觉得他奇怪。

"这座公寓的确需要再添置一些家具。"她说，"超过三个人的时候，你们都坐在哪儿呢？"

"我不知道，"他说，"我难得在这儿。我要工作一整天，回来时，实在累得不行，倒头便睡了。"

波勒对这个男孩的所有看法在顷刻间发生了颠覆。他没有吹嘘炫耀自己的外表，而且每天都去工作。她差点儿就要问出口：您是做什么工作的？但她止住没说。这样的好奇心在她身上可不太寻常。

"我是一名见习律师，"西蒙接着说，"有很多工作要做，半夜三更才能睡觉，天一亮就要起床……"

"现在十点了。"波勒出声提醒。

"今天早上，我最重要的主顾被送上了断头台。"他拖长声调说。

她闻言吃了一惊。他一直低垂着双眼。

"我的天哪……"她说，"那他死了吗？"

两人一齐哈哈大笑。他站起身来，在壁炉上取出一支烟。

"其实没有这回事。我工作也不多——还不够多。反而是您，上午十点钟就来给这个糟糕透顶的客厅布置家具，太令我佩服了。"

他走来走去，神情激动。

"请您冷静。"波勒说。

她感到心情愉悦，十分舒畅，但也开始担心西蒙母亲的到来。

"我去换衣服。"西蒙说道，"就一会儿。请您等我一下。"

范·登·贝什太太早上显然心情不佳，神色有些惊惶。波勒与她讨论了一个小时，定下一些复杂的设计方案，便兴高采烈地下了楼，心里做着收支计划，完全把西蒙忘在脑后。屋外，雨一直下着。她抬起手想招辆出租车，一辆矮矮的小汽车停在她跟前。西蒙打开车门。

"我能送您过去吗？我正要去事务所。"

显然，他已经等了一个小时。可他那古灵精怪的表情让波勒的心软了下来。她弯下腰，颇为费劲地上了车，微笑道：

"我去马提尼翁大街。"

"跟我母亲商量好了吗？"

"商量好了。您很快就可以在柔软的长沙发上好好休息，消除疲劳。我不会害您迟到太久吧？十一点多了。这时间已经足够把所有人送上断头台了。"

"我有的是时间。"他闷闷不乐地说道。

"我没有拿您说笑的意思。"她语气轻柔，"我太开心了，因为我最近手头很紧。多亏了您的母亲，那些问题都迎刃而解了。"

第 二 章

"得让她先付钱给您。"他说,"她特别吝啬。"

"一般人可不会这样说自己的父母。"波勒说。

"我又不是十二岁!"

"那您几岁了?"

"二十五。您呢?"

"三十九。"

他小声吹了个口哨。这个动作太过无礼,她一时间差点儿发脾气,随后大笑出声。

"您笑什么?"

"这声充满敬佩之情的口哨……"

"我比您想象的还要敬佩您。"他神情温柔地望着她,让她感到有些局促。

雨刮器在玻璃窗上有节奏地摆动,但无济于事,波勒寻思他怎么还能开车。在上车的时候,她的一只袜子被钩破了。此时,在这辆不舒服的车子里,和这个显然已经迷上她的陌生年轻男人一起,雨水从车顶棚渗进来,晕脏了她的浅色大衣,她的心情却十分愉悦。她轻声哼着歌。等她缴完税、寄出母亲的赡养费、结清欠商店的款项，她还能剩下……她不想计算。西蒙开车开得很快，罗杰也是。想到罗杰，想到她刚刚度过的夜晚，她的脸色沉了下来。

"您是否愿意和我一起吃个午饭，哪天有机会的话？"

西蒙说得飞快，没有看她。她一时心生恐慌。她和他不熟，跟他一起的话，她就得努力和他多交流，多问点儿关于他的问题，需要进入一种新的生活。她的内心在挣扎。

"最近不行，我工作太忙了。"

"啊！好吧。"他说。

西蒙没再坚持。波勒瞥了他一眼，他已经放慢了车速，甚至连开车的动作都显得忧愁了起来。她抽出一支烟，他将打火机递给她。他有一对少年般的手腕，过于纤瘦，从大粗花呢上衣的袖口露出来，看着有些滑稽。生着这副样貌，穿着却不像个猎手。她这么想着，有一瞬间很想将他打扮一番。恰恰是他这种类型的男孩，特别容易唤起她这般年纪的女人的母爱。

"就是这儿。"她说。

他一言不发地下了车，拉开车门，看着像是受了打击般一脸忧郁。

"再次感谢您。"她说道。

"不用客气。"

她朝着大门走了三步，回过头。他正望着她，一动不动。

第
三
章

西蒙花了一刻钟才找到空位，最后把车停在了距离律师事务所五百米的地方。他在他母亲的一个朋友手下工作。那是一位非常有名的律师，为人十分恶劣，却一直容忍着西蒙所做的各种蠢事，个中缘由，西蒙也不敢明白。西蒙时不时想要做些什么，令此人忍无可忍，可他又懒得去实施。走上人行道的时候，他绊了一跤，立刻就变得一瘸一拐，脸上一副温顺屈从的样子。女人们经过他时都会回头望，西蒙觉得她们心里的想法简直要刺到他的背上：这么年轻、这么漂亮，却是个残废，多可惜啊！尽管容貌俊美，他却无法从中获得任何信心，顶多只得到一点儿安慰：要是我长得丑的话，那真是没

法儿活下去了。思及此，他隐约预见到一种苦行僧般的
生活，一会儿是被诅咒的画家，一会儿是朗德地区的牧
羊人。

他一瘸一拐地走进办公室，爱丽丝老太看了他一眼，
眼神中半是同情半是怀疑。她知道他最爱做什么事情当
消遣，抱着恨铁不成钢的高傲心态容忍着他。如果他能
稳重一点儿，以他的样貌和创造力，定能成为一名大
律师。西蒙夸张地向她打了个招呼，在自己的位置上
坐下。

"您怎么瘸了？"

"我不是真的瘸了。昨天晚上，有谁杀了谁吗？我什
么时候才能承办一桩令人发指的重大凶杀案呢？"

"有人今天早上已经问起您三次了。现在都十一点
半了。"

"有人"指的正是那位大律师。西蒙朝门望了一眼。

"我起晚了。但我遇见了一个很好的人。"

"一个女人？"

"是的。您懂的，那是一张特别美丽、特别温柔，又

有点儿憔悴的脸……她的一举一动都是那么恰如其分，但不知道在为什么事情而苦恼……"

"您最好还是去看看吉约的卷宗吧。"

"当然会看的。"

"她结婚了吗？"

西蒙骤然从自己的幻梦中清醒过来。

"我不知道……但如果她已经结了婚，那她的婚姻肯定不幸福。她手头拮据，可钱的问题一解决，她便立刻喜笑颜开。我很喜欢那些被金钱取悦的女人。"

她耸了耸肩。

"那所有这种类型的女人您都喜欢咯。"

"差不多吧。"西蒙说，"除了那些年纪太小的。"

他一头扎进卷宗里。门开了，弗勒里大律师探出头。

"范·登·贝什先生，借一步说话。"

西蒙和女秘书交换了一个眼神。他站起身，走进那间英式办公室。他讨厌这间办公室，因为它完美得无可挑剔。

"您知道现在几点了吗？"

第 三 章

　　弗勒里大律师开始赞颂起守时和敬业的美德，结束时还对自己和范·登·贝什太太的耐心进行了一番赞美。西蒙望向窗外。他觉得自己好像在重新经历一幕很久以前的情景，仿佛一直生活在这间英式办公室里，总是听着这些话语；似乎有什么东西正在他的周围不断收紧，要让他窒息而亡。我做过什么？他突然思索，二十五年来，我究竟还做过什么，除了从一个老师手下转到另一个老师那里，一直受到训斥，还要做出受宠若惊的样子？这是他第一次如此激动地对自己提出这个问题，不觉抬高了嗓门。

　　"我做过什么？"

　　"怎么？您没做过什么，我的好朋友。这正是悲剧所在——您什么也没做。"

　　"我甚至觉得我从未爱上过任何人。"西蒙继续道。

　　"我没有要您爱上我，或是爱上爱丽丝老太。"弗勒里大律师说道，"我要您去工作。我的耐心是有限的。"

　　"什么东西都是有限的。"西蒙若有所思地接道。

　　他觉得自己深陷于梦幻之中，落入无比荒唐的境地。

他感觉自己仿佛已经十天没有合眼睡觉，饥饿难耐，口渴至极。

"您在嘲讽我吗？"

"没有。"西蒙说，"请您见谅，我会注意的。"

他倒退着出了门，坐回自己的位置，双手捧着头。爱丽丝太太诧异地看着他。我怎么了？他想，我究竟怎么了？他试图回忆自己在英国的童年、大学时光、一段狂热的爱情——是的，十五岁时，他爱上他母亲的一个朋友，但一个星期之后她便让他清醒过来了——安逸的生活、快乐的朋友们、女孩们、阳光下的道路……一切在他的回忆中旋转不停，他无法停驻于某件事物上。也许是因为他没有什么回忆吧。他二十五岁。

"您不用烦恼。"爱丽丝太太说道，"他会忘掉的，您也很清楚。"

他没有回答，在一张吸墨纸上胡乱地画着。

"想想您的那位女朋友吧，"爱丽丝太太一脸担忧，接着说，"不然就想想吉约的卷宗。"

"我没有女朋友。"西蒙回道。

第 三 章

"早上那位女士，她叫什么名字？"

"我不知道。"

的确如此，他甚至不知道她的名字。在巴黎有那么一个人，他竟对她一无所知，这便足以令人倾心了。多么不可思议！关于这个人，他可以随心所欲地畅想好多天。

罗杰躺在客厅的长沙发上，慢悠悠地抽着烟，疲惫不堪。他一整天都在卸货码头上监督货车进仓，浑身都被汗水湿透。除此之外，午餐时间他还不得不开车前往通向里尔的公路，去察看一场让他损失至少十万法郎的意外事故。波勒收拾着餐桌。

"那位泰雷扎呢？"他问道。

"哪位泰雷扎？"

"范·登·贝什太太。今天早上我想起了她的名字。天知道为什么。"

"已经谈妥了，"波勒说，"房子的装潢由我全权负责。我刚刚没和你说这件事，因为你看起来特别心烦……"

"你是不是觉得，你的问题解决了，会让我更加烦恼？"

"不是的。我只是想……"

"你觉得我很自私吗，波勒？"

他坐在长沙发上，一双蓝眼睛盯着她，怒气冲冲的样子。她应该去安抚他，向他解释，说他是最好的男人，从某种意义上说，事实上也的确如此；她还要告诉他，他让她很幸福。她在他身旁坐下。

"你并不自私。你只是在操心你的生意，谈论那些也很正常……"

"不。我想说的是，关于你的事。你觉得我很自私吗？"

他发觉自己一整天都在思考这件事，也许从昨天晚上，他把眼神慌乱的她留在家门前的时候就开始想了。她犹豫不决，他从来没有问过她这个问题，也许现在就是跟他好好谈一谈的时机。可是她今天心情愉快，对自己信心十足，而他的神色却如此疲惫……她退缩了。

"你不自私，罗杰。确实，有些时候，我会感到有点儿孤单，觉得自己不再年轻，没办法跟上你的脚步。但我是幸福的。"

"你幸福吗？"

"是的。"

他重新躺下。她告诉他："我是幸福的。"于是，那个困扰了他一整天的小问题也就烟消云散了。这正好遂了他的意。

"你知道的，我那些无关紧要的小艳遇，都是……至少你清楚它们的价值。"

"是，是。"她说。

他闭上眼睛，她凝望着他。她觉得他很幼稚。他躺在长沙发上，那么高大，那么笨重，还问出那么孩子气的问题："你幸福吗？"他向她伸出手，她握住，在他的身旁坐下。他的眼睛始终没有睁开。

"波勒，"他说，"波勒……如果没有你，你知道的，波勒……"

"嗯。"

她俯下身子，亲吻他的脸颊。他已经睡着了。不知不觉中，他将自己的手从波勒的手中抽出，抬起来放到心口。她翻开一本书。

一小时后，罗杰醒了过来，十分焦躁不安。他看了看表，宣布现在是时候去跳舞喝酒了，要忘掉所有那些可恶的卡车。波勒困了，但没有什么理由能阻挡罗杰的渴望。

他载着她去了一个新地方。那是圣日耳曼大道上的一家地下酒吧，装潢得像一座广场小公园，在绿荫掩映之下，四处涌动着一台电唱机播放的拉美节奏音乐。

"我不能每天晚上都出门，"波勒一边坐下一边说道，"明天我就该憔悴得像个百岁老人了……今天早上我起床的时候，就已经……"

这时她才想起西蒙。她早已将他忘到九霄云外。她转身看向罗杰。

"你想想今天早上……"

她猛地住了口。西蒙就站在她的面前。

"您好。"他说。

"费尔泰先生，范·登·贝什先生。"波勒介绍道。

第 三 章

"之前我还在找您，"西蒙说，"现在就找着您了，这是个好兆头。"

未等人开口，他便自顾自地坐在一张高脚凳上。罗杰直起身，面色不豫。

"我四处找您，"西蒙继续说道，"最后甚至想，我是不是在梦里见到您的。"

他的眼睛闪闪发亮，一只手放在波勒的胳膊上，令她错愕不已。

"也许您是坐在另一张桌子的？"罗杰说。

"您已经结婚了？"西蒙问波勒，"我真不愿相信。"

"他烦到我了，"罗杰高声道，"我要带走他。"

西蒙看向他，接着双肘支在餐桌上，用手捧着头。

"您说得对，先生，我向您道歉。我想我有点儿醉了。但是今天上午，我发现我这辈子一事无成，什么都没做。"

"那您就做点儿讨人喜欢的事儿，快走开。"

"由着他吧，"波勒轻声说道，"他不开心。谁都有喝多的时候。他是你的那位……呃，泰雷扎的儿子。"

"儿子？"罗杰恍然，"真是荒谬。"

他将身体向前倾，西蒙已经把头枕在胳膊上。

"醒一醒。"罗杰说，"我们一起去喝一杯。您有什么不开心的，可以告诉我们。我去拿几个杯子来，这儿的服务也太慢了。"

波勒越发觉得好笑。一想到罗杰和这个奇怪的年轻人之间会进行什么样的对话，她就先乐了起来。西蒙抬起头，望着罗杰，在桌子之间艰难地挪动。

"那才是一个男人。"他说，"嗯？一个真正的男人？我讨厌这些身强体壮、充满男子气概、心性纯良的家伙，我……"

"人从来都不是这么简单的。"波勒冷淡地说。

"您爱他吗？"

"这与您无关。"

一缕头发垂在他的眼睛上方。烛光映照下，他的轮廓显得更加深邃，英俊不凡。邻座的两个女人正注视着他，如痴如醉。

"我向您道歉。"西蒙说，"嘿，怪好笑的，从今天早上开始我就一直在道歉。跟您说，我觉得自己就是个自命不凡的草包。"

罗杰拿着三个杯子回来，咕哝着每个人迟早会落到这步田地。西蒙将自己那杯酒一饮而尽，小心翼翼地保持沉默。他坐在他们身边，一动也不动。他看着他们跳舞，听着他们聊天，不做反应，于是他们渐渐忘记了他。唯独在偶尔回过头时，波勒见他坐在一边，像个乖巧的小孩儿，不禁笑了出来。

当他们起身准备离开时，西蒙也彬彬有礼地站起来，身体却又瘫软下去。他们决定将他送回家。在罗杰的车上，西蒙睡着了，他的头东倒西歪地撞在波勒的肩膀上。他浅浅地呼吸着，头发丝滑柔顺。最后，她用手扶住他的额头，好让他不要撞到车窗上。他的头靠着她的手，完全放松了下来，变得越来越沉。到达克勒贝尔大街，罗杰下了车，绕过车身，将车门打开。

"小心点儿。"波勒悄声说。

罗杰不经意间瞥见她的表情，但什么也没说，只是把西蒙扶下车。这天晚上，他送波勒回家，也跟着上楼去。在睡梦中，他把她紧紧搂在怀里，很久很久，令她无法入睡。

第
四
章

　　翌日中午，波勒跪在玻璃橱窗里，力图说服女装店老板，用石膏半身像作为帽架，这并不是一项疯狂的创意。这时，西蒙来了。他已经盯着她看了五分钟，躲在一个报刊亭后面，心脏怦怦直跳。不知心跳是因为看到了她，还是因为要躲起来。他总喜欢藏着自己。此时他的左手时不时扭曲，右手仿佛紧紧攥着一把手枪，又好像爬满了湿疹，这吓坏了商店里的人们。他肯定需要接受精神分析治疗，起码他的母亲是这么说的。

　　见到波勒跪在橱窗里，他多么希望自己从未遇到她，希望自己不是隔着一块玻璃看到她这副模样。他没必要去碰这个钉子，毕竟他很可能被拒绝第二次。昨天晚上他都说了些什么？他表现得像个小白痴，醉得不省人事，还大谈特谈自己的情绪状态，简直失礼至极……他缩在报刊亭后面，差点儿就要离开，朝她望去最后一眼。忽然间，他特别想穿过街道，将她手里的那顶帽子，那顶别着长别针的残忍帽子夺过来；同时，他还想把她从工作中、从那样的生活中夺过来：让她不必再在黎明时分起床，跪在一面玻璃橱窗里，被来来往往的行人注视。路人们停下脚步，带着好奇打量她；或许某些人见她这样跪着、双臂伸向半身石膏像，会渴望得到她。他也对她横生欲念，于是穿过了街道。

在他的想象里，她已经被这些目光盯得不堪重负、精疲力竭，转头见到他，就如同得到期待已久的片刻喘息。然而她只给了他一个干巴巴的微笑。

"您想买一顶帽子送给谁吗？"

他支支吾吾地说不出话，女装店老板却妖妖娆娆地走过来，轻轻撞了他一下。

"亲爱的先生，您在等波勒？好吧。不过请您坐到那边，等我们结束工作。"

"他不是在等我。"波勒一边说，一边调整烛台的位置。

"我会把它放在左边，"西蒙说道，"稍微往后一点儿，这更能让人浮想联翩。"

她恼怒地瞪了他一眼，他朝她微微一笑。他已经转变了角色，现在他是一个来到高雅场所和情妇会面的年轻男人，一个富有品位的年轻男人。同性恋老板对他的爱慕之情——尽管西蒙没有理会——现在或以后会成为波勒和他之间的笑料。

"他说得对，"女装店老板说道，"这样确实更能让人浮想联翩。"

"浮想什么？"波勒冷冰冰地说。

两人看向她。

"没有，什么都没想。"

西蒙开始自顾自地大笑，笑得那么开心，使得波勒别过头去，不想跟着掺和。女装店老板恼火地走开了。为了看得更清楚，波勒稍稍远离橱窗，却撞上了正走过来的西蒙的肩膀。他拉住她的手肘，让她站稳在台上。

"您看，"他的声音如梦呓一般，"太阳出来了。"

透过被水润湿的玻璃，日光洒遍他们全身，秋天让阳光骤然升起的温度充满了歉疚之意。波勒沐浴在日光之下。

"是啊，"她说，"太阳出来了。"

两人静止片刻。她，依然站在台子上，比他略高一点儿，背对着他，但靠在他的身上。接着，她挣脱开来。

"您该去睡觉了。"

"我饿了。"他说。

"既然如此，您去吃午饭吧。"

"您不愿意和我一起去吗？"

她迟疑了。罗杰给她打过电话，说他应该走不开。她本打算去对面的酒吧吃个三明治，再去买点儿东西。然而此时突然提起太阳，便让咖啡店的瓷砖和大商店的走廊都显得索然无味了。她特别向往草地，即便它们在这个季节已经变得枯黄。

"我想去草地。"她说道。

"那我们就去，"他说，"开着我那辆旧车。乡村很近……"

她做出拒绝的动作。乡村，和这个也许会让人无聊的陌生小伙子一起，独处两个小时……

"或者去布洛涅森林吧。"他试图打消她的疑虑，"如果觉得无聊了，您就可以打电话召一台出租车。"

"您想得真周到。"

"老实说，今天我醒来的时候觉得特别羞愧。我是来道歉的。"

"人难免遇到这种事。"波勒柔声安慰道。

她穿上大衣，一身打扮十分漂亮。西蒙为她打开车门。她坐进车里，想不起来自己什么时候答应了这顿荒唐的午餐。在坐进车里的时候，她的长袜又被钩到了，气得她轻轻哀叹一声。

"我猜您的那些女朋友都穿长裤吧。"

"我现在没有。"他说。

"没有女朋友？"

"是的。"

第 四 章

"怎会如此？"

"我不知道。"

她很想揶揄他几句。在他身上，腼腆和鲁莽、时而有些滑稽的严肃和幽默，这些特质杂糅在一起，令她心情愉快。他说"我不知道"的时候，声音很低，一脸神秘莫测。她摇了摇头。

"您好好想想……是什么时候开始疏远的？"

"问题主要在我，您知道的。我之前和一个女孩在一起，她很温柔，但太过浪漫了。她就像是四十岁的人眼里那种年轻人的形象。"

她心头一颤。

"四十岁人眼里的年轻人是什么形象？"

"呃……她总是沉着脸，全速开着一辆四匹马力的汽车，紧咬牙关，起床的时候会抽高卢牌香烟……我记得她对我说过，爱情只不过是两层表皮的相互接触。"

波勒笑了。

"然后呢？"

"我和她分开时，她还是哭了。但我并不引以为豪，"

他连忙补充道，"我讨厌这样。"

森林里散发着潮湿的草、微微发霉的木头、秋天道路的味道。他在一家小餐馆前停下车，匆忙绕过车身去为她开门。波勒费了好大力气才不失优雅地下了车。她的心情就像在度假一般悠闲。

西蒙一上来就点了一杯鸡尾酒，波勒一脸严肃地看着他。

"这才刚过了一夜，您还是喝杯水吧。"

"我感觉特别好，而且我现在还缺点儿胆量。我应该想办法让您不要觉得太过无聊，得借酒壮胆。"

这家餐馆门可罗雀，侍应生面色不善。西蒙一言不发，在点菜之后，依然一声不吭。尽管如此，波勒并不觉得无聊。她认为这是一段有意为之的沉默，西蒙早已为这顿午饭准备好聊天的话题。他的心里应该藏着不少想法，一直如此，仿佛一只猫。

"这样确实更能让人浮想联翩。"他冷不防模仿起女装店老板，娇滴滴地说话。波勒一惊，接着爆发大笑。

"您一直都模仿得这么惟妙惟肖吗？"

"还行吧。可惜的是，我们共同认识的人不多。如果我模仿我的母亲，您就要说我大不敬了。虽然如此——'您不觉得用缎子，在那儿……稍微向右一点……可以营造氛围，有一种火热的感觉吗？'"

"您真是大不敬，但学得还挺像。"

"至于您昨天的那个朋友，我看得不太清楚。更何况，他应该是不可模仿的。"

片刻沉默后，波勒露出微笑。

"他确实是。"

"而我呢，我也只不过是在蹩脚地效仿那些被宠坏的小年轻，靠着父母的关系，被塞进一个时间自由的岗位，庸庸碌碌地混日子。您吃亏了，我说的是，在吃午餐这件事上。"

他尖锐的话锋刺醒了波勒。

"罗杰很忙。"她说，"不然，我也不会坐在这里。"

"我很明白。"他的语气中泛着哀伤，令她有些窘迫。

在余下的午餐时间里，他们聊了聊各自的职业。西蒙绘声绘色地表演了一桩激情犯罪案件的诉讼全过程。在辩护最激烈的某一刻，他站起身来，手指着笑个不停的波勒：

"至于您，我控告您没有履行作为人类的义务。以这位死者的名义，我控告您没有把握住爱情，没有尽到享受快乐的本分，想尽托词，应付了事，忍气吞声。您应被判处死刑，您将被判处孤独之刑。"

他停下话头，将杯中酒一饮而尽。波勒没有反对。

"好可怕的判决。"她微笑道。

"最重的判决。"他说，"我想不出比它更严酷、更无法逃避的刑罚了。没有什么能比它更让我恐惧。其他任何人也一样，只是没人承认而已。而我呢，有时候我特别想放声大喊：我好害怕，我好害怕，请您爱我吧。"

"我也一样。"她说道，仿佛情难自禁。

霎时间，她好像看到了自己房间里对着床的那面墙。整齐的帷幔，过时的挂画，左边摆着一个小小的五斗橱。这是她每一天，每个清晨和夜晚，都会看到的东西，也许十年之后还要看着。那时她会比如今孤独更甚。罗杰，罗杰在做什么呢？他没有权利，没人有权利迫使她就这样老去，没有人，甚至她自己……

"您应该觉得我比昨天还要可笑、爱发牢骚吧？"西蒙低声问道，"或许您心里在想，这个年轻人在装模作样，想博取您的同情？"

他坐在她对面，浅色的眼眸中透着一丝慌乱。他的脸蛋如此光滑，好似可以任人抚摩，她差点儿就忍不住把手放上去。

"没有，没有，"她说，"我觉得……我也觉得您还有点儿年轻，不该说这些。确实是被宠过头了。"

"得两个人一起。"他说，"来吧，咱们去外面走一走。这会儿天气真好。"

他们一起走出餐馆。他挽着她的手臂，两人走了一会儿，一句话也没说。秋意透着浓浓柔情，攀上波勒的心头。潮湿的红叶被踩踏过，层叠交错，慢慢融入泥土之中。她心中泛起一阵温情，对这个挽着她胳膊的无声侧影。这个陌生人成为她几分钟的伴侣，成为在一年之末，同她一起漫步在一条僻静的林荫小路上的人。她对她的伴侣们，无论是散步的伴侣还是生活的伴侣，总是温情脉脉，总认为他们比她更加强大，即便他们之间那么不同又那么相似。她眼前浮现马克的脸。她离开了这个丈夫，同时放弃了安逸的生活，那是另一张曾经深爱着她的面孔。最后，她看见罗杰的脸庞，她记忆中唯一鲜活生动、表情多变的面庞。一个女人一生中的三个伴侣，三个优秀的伴侣。这难道还不可观吗？

"您在伤心吗？"西蒙问她。

她转向他，笑而未答。他们继续往前走。

"我愿意……"西蒙声音闷闷的，"我愿意……我对您还不了解，但我愿意相信您是幸福的。我……呃，我很仰慕您。"

她没有再听下去。时间不早了。也许罗杰给她打过电话，想约她喝杯咖啡。可能她错过了。他说过星期六要出门，去乡下度周末。她能在那之前做完她的工作吗？到那个时候他还想去吗？或者，这不过是爱人在夜里逼着他做出的一句承诺，那时（她也明白）他预想着未来的生活不能没有她，觉得他们的爱情确凿无疑，于是他放弃了挣扎。可是他一走出那扇门，在人行道上呼吸着自由的浓郁气息，她便又一次失去了他。一路上，她几乎没怎么说话。道别时，她感谢西蒙邀请她共进午餐，并且告诉他，如果哪天他给她来电话，她会非常高兴。西蒙目送她离去，一动也不动。他觉得自己疲惫至极，愚蠢又笨拙。

第
五
章

真是一个令人愉快的惊喜。罗杰转向床头柜，取出一支烟。身旁的年轻女人发出一声轻笑。

"男人们总爱抽烟，在完事之后。"

这倒不是什么独特的见解！罗杰将烟盒递给她，她摇摇头拒绝了。

"梅茜，我可以问您一个问题吗？今天晚上您怎么了？我们认识两个月以来，您都没有离开那位谢雷尔先生……"

"谢雷尔先生还有用，对我的事业有帮助。我之前也是想找点儿乐子。你明白吗？"

他注意到，她属于那种一躺在床上，就会无意识地用"你"来称呼别人的人。他笑了。

"为什么是我？那场鸡尾酒会上有不少优质男青年呢？"

"你懂的，年轻人嘛，说呀说呀，说个不停。而你呢，最起码，你看起来很享受这种事。我向你保证，这是很难得的。女人们感觉得到。你可别告诉我你不是个猎艳老手哟……"

"那也没这么快过。"他大笑道。

她十分漂亮。在她那狭小的脑袋里，一定装满了各种各样关于生活、男人以及女人的小想法。如果他再多问几句，她能把整个世界的事儿都同他细细道来。他本该很喜欢这一点。可他总是魂不守舍又心生爱怜。每当想到这些各不相同的美丽躯体，他热爱探索的这些躯体，由变化无常又狭隘短浅的小脑袋驱使着，在街道上、生活里来来去去，他就恐惧不已。他轻轻抚摩她的发丝。

"你呢，你应该是一个内心柔软的人。"她说，"像你这样高高壮壮的硬汉，内心总是很柔软。"

"确实如此。"他心不在焉地附和道。

"我不想和你分开，"她接着说，"如果你知道他有多无聊，那个谢雷尔……"

"我永远都不会知道。"

"我们一起出去两天怎么样，罗杰？星期六和星期天。你不想去吗？我们可以去乡下，就在一个大房间里待着，哪儿也不去。"

他看向她。她用一只手肘支起身子。他看见她脖颈上跳动的脉搏，她也在凝视着他，眼神和在之前谈论的那场鸡尾酒会上的一样，他露出微笑。

"快答应。马上，你听见了……"

"马上。"他一边重复着，一边把她扯到自己身上。

她一口咬住他的肩膀，咯咯直笑。他模模糊糊地想道，原来爱也可以这么愚蠢地做。

"真遗憾。"波勒说，"罢了，你好好工作吧，车不要开得太快。吻你。"

她挂断电话。周末没有了。罗杰这周六得去趟里尔，他向她解释说，要去跟那边的合伙人谈生意。也许是真的吧。她总是假定这是真的。她突然想起他们惯常一同前往的那家乡间旅舍，想起到处生起的炉火，想起那间弥漫着淡淡防蛀剂味道的房间。她想象本该在这两天发生的一切：和罗杰一起散步、一起聊天，夜晚，他们依偎在一起入睡、醒来，无时无刻不黏在一起，一整天，像一片海滩那样炽热而滑腻。她转过头盯着电话。她可以找一名女性朋友共进午餐，晚上再去谁家打桥牌……可她什么也不想做。她害怕一个人独自待两天。她讨厌属于孤单女人的星期天：那些在床上读的书，要尽量读到最晚，去一家挤满人的电影院，也许还会和某个人喝杯鸡尾酒或者吃顿晚餐，最后回到家里，这张乱糟糟的床，这种从早上开始就没有享受过一秒钟生活的感觉。罗杰说过他明天会给她来电。他的声音很温柔。她原本要等着他打电话来喊她出门。无论如何，她还有很多东西要去整理。她的母亲时常叮嘱她去做这些事情。一个女人生活中千千万万的琐事，让她略微有些倒胃口。仿佛时间是一只柔软的野兽，需要有人去将它驯服。而她此时也隐隐有些后悔，后悔自己没有此种爱好。也许确实到了某种时刻，人便不再需要攻克自己的生活，而是要提防它，就像提防一个守不住秘密的旧女友。她已经到了这一刻吗？她似乎听见自己身后传来一声长叹，一片齐声高唱：已经到了。

这周六下午两点钟，波勒决定打电话给范·登·贝什太太。如果太太难得没有去多维尔的话，那么她下午也许可以和她一起工作。这是波勒现下唯一有兴趣做的事情。就像某些男人，星期天还要去上班，就为了逃避家庭，她想道。范·登·贝什太太有点儿消化不良，显然心情正烦闷，于是欣然接受了她的提议。波勒带上各类样品，去了克勒贝尔大街。她看见范·登·贝什太太穿着一件缎纹晨衣，手里端着一杯依云水，有一点儿酒糟鼻。波勒一时心想，西蒙的父亲一定非常好看，才能抵消掉这张脸的平淡无奇。

"您的儿子怎么样？您知道吧，那天晚上我们遇到他了。"

她没有提及前一天她还和西蒙共进午餐的事。对于这刻意的隐瞒，连她自己都吃了一惊。她的面前立即出现一张苦不堪言的脸。

"我哪儿知道呢？他不和我聊天，什么也不告诉我，除了说他缺钱用，当然咯！而且，他还去喝酒了。他父亲以前就总爱喝酒。"

"他看起来不像个大酒鬼。"波勒微笑。她想起西蒙光滑的面庞，想起他那滋润的英式肤色。

"他很英俊，不是吗？"

范·登·贝什太太兴奋起来，拿出几本相册，从中可以看到童年时期的西蒙，鬓角发卷贴着脸颊、坐在一匹小马驹上的西蒙，中学时期傻乎乎的西蒙，等等。相册里大概有上千张他的照片。波勒在心里暗暗庆幸，他既没有变得面目可憎，也没有变成同性恋。

"不过，总有那么一天，孩子们会离您而去。"伤心的母亲哀叹道。

霎时间，她又露出自己原本的面貌，变回那个过于轻佻的女人。

"应该说，他有的是机会……"

"确实。"波勒礼貌地说道，"您要不要来看看这些料子，太太，这儿有一个……"

"请叫我泰雷扎吧。"

她变得和善起来，让人沏了茶，又提了些问题。波勒心想，罗杰二十年前就跟此人睡过了，于是试图从这张臃肿的脸上找出几分留存的风韵，却一无所获。与此同时，她还要竭尽全力把话题维持在工作方面，泰雷扎却总是自顾自地将话题转移到女人的知心话上。这样的情况时常发生。波勒神情里透露的某种平稳和骄傲，总会引发他人滔滔不绝的表达欲。

"您很有可能比我年轻。"范·登·贝什太太开始了。波勒听见这个"可能"，不禁微微一笑。"但您知道周围环境的影响有多大……"

波勒没再听她说话。这个女人让她想起了某个人。她才发觉这女人完全就像是西蒙前一天模仿的那个样子，于是想道：他的腼腆羞怯，让人看不出他所具有的某种感知能力与几分残忍暴戾。"我控告您没有把握住爱情，应付了事，忍气吞声，您将被判处孤独之刑。"他说这话是什么意思？他想的是她吗？他是不是猜到她的生活发生了什么事情？他是不是故意为之？想到这里，她感到怒火中烧。

范·登·贝什太太还在耳旁喋喋不休，她没有继续听下去，这时西蒙走了进来，将她吓了一跳。看到她时，他猛地站住，做了个小小的鬼脸，来掩饰自己为之生发的雀跃。

"我来得可真巧。正好来给你们帮忙。"

"哎哟！我现在该走了。"

波勒很想冲出去，逃离此处，躲避这对母子双双投来的视线，躲进自己的家里，拿本书来读。此时此刻，她本该和罗杰一起上路，把收音机开了又关，或是和他一起大笑，或是心有余悸——罗杰开车时总爱胡乱发脾气，有时可能会让他们差点儿丧命。她缓缓站起身。

"我送您。"西蒙说。

在门口，她转过身来，从他回来起第一次正视他。他的气色不太好，她不由得向他指出来。

"是天气的原因。"他说，"我可以陪着您走到楼下吗？"

她耸耸肩，两人一同走下楼梯。西蒙走在她的身后，一声不吭。走到最后一层时，他止住脚步。听不见他的脚步声，她不由自主地转过身。他正倚在栏杆扶手上。

"您要上楼吗？"

灯灭了，宽阔的楼梯不再灯火通明，只余一扇窗，透进朦胧的微光。她睁大双眼，摸索楼梯的定时开关。

"就在您身后。"西蒙说道。

他走下最后一级台阶，朝她走过去。他要扑上来了，波勒苦恼地想。他伸出手，从左侧越过她的头，重新打开灯，接着右手从她头的另一侧伸过去。她无法动弹。

"让我出去。"她颇为冷静地开口。

他没有回答，而是俯下身子，小心翼翼地把头靠在她的肩上。她听见他的心脏怦怦地鼓动着，突然感到有些慌乱不安。

"让我走，西蒙……您让我很困扰。"

可他一动也不动，只是低声念了两遍她的名字"波勒、波勒"。越过他的颈背，她望见楼梯像牢笼一般，那么凄凉，如太平间一般沉闷而死寂。

"我的小西蒙，"她也压低声音，"让我走吧。"

他退开身去。她朝他微微一笑，随后便离开了。

第六章

　　星期天，波勒起床时，在门下面发现了一封信函，人们从前诗意地称之为"蓝纸头"[1]，她也觉得它散发着诗意，因为太阳，重新出现于十一月澄澈的天空中，在她的房间各处洒满热烈的光与影。"六点钟，在普莱耶音乐厅，有一场美妙绝伦的音乐会。"西蒙写道，"您喜欢勃拉姆斯吗？我为昨天的行为向您致歉。"她露出微笑。她微笑，是因为看到第二句话："您喜欢勃拉姆斯吗？"在她十七岁的时候，男孩们才会向她提出这样的问题。后来大概也有人问过她类似的问题，却没有听她的回答。

---

[1]　法国旧时使用的一种由气压传送的电报、快信，因写于蓝灰色纸张上而得名。

时至今日，到了人生的这个阶段，谁又听谁的呢？况且，她喜欢勃拉姆斯吗？

她打开电唱机，在唱片里翻翻找找，终于从她熟记于心的一首瓦格纳的序曲背后，找到了勃拉姆斯的一首协奏曲，她从来没有听过。罗杰很欣赏瓦格纳。他说："太美妙了，听听这声音，这才是音乐。"她播放那首协奏曲，觉得它的开头浪漫动人，却忘了听到最后。当音乐停止时，她才发觉音乐播完了，心中有些懊恼。这段时间，她读一本书要花六天时间，常常找不到自己读到了哪一页，听音乐时也无法集中精神。她的注意力全都放在那些布料小样上，用在一个永远不在这儿的男人身上。她迷了路，找不到自己原来的轨迹，再也走不回去了。"您喜欢勃拉姆斯吗？"她在敞开的窗前站了一会儿，阳光照着她的双眼，让她有些目眩。这句简短的问话——"您喜欢勃拉姆斯吗？"，好像一下子将她茫茫无际的遗忘揭示在面前：她已经忘却了的一切，她故意避而不提的那些问题。"您喜欢勃拉姆斯吗？"除了她自己，除了她自己的存在，她还喜欢别的东西吗？当然，她说她喜欢司汤达，她知道她喜欢他。一言以蔽之：她心里有数。她甚至可能别无他想，只知道自己喜欢罗杰。这些都是她确信的事情，是她找到的坐标。她特别想找个人聊一聊，正如她二十岁时渴望的那样。

波勒打电话给西蒙，尽管她也不知道要同他说什么。也许她会说："我不知道我喜不喜欢勃拉姆斯，我想我不喜欢。"她也不知道自己是否会去这场音乐会。这取决于他对她说什么话，取决于他说话时的声音；她迟疑不决，又觉得这迟疑令她感到惬意。然而西蒙已经出门去乡下吃午餐，五点钟才会回家换衣服。她挂断电话。在这一会儿时间里，她便决定要去听音乐会了。她告诉自己："我去那儿不是为了见西蒙，而是要找回音乐。也许我应该每个星期天下午都去，如果天气不糟糕的话。对于形单影只的女人来说，这倒是个不错的消遣。"同时，她又感到有些遗憾，因为今天是星期天，她不能立刻冲进商店里，买些她喜爱的莫扎特的唱片，再顺带买几张勃拉姆斯的。她只担心西蒙会在音乐会的过程中，握住她的手。她越发担心，因为她料想这件事会发生，而当她的预想得到证实，她的心中便总会充满难以消解的烦恼。她爱罗杰也是因为这一点——他总是出人预料，总是不太符合惯常的情形。

六点钟，普莱耶音乐厅。波勒被卷入涌动的人潮之中，差点儿就与西蒙错过，他一言不发地将门票递给她。两人夹在一群四散开来的女引座员之间，匆匆拾级而上。音乐厅宽阔而幽暗，正式开始前，乐队弹出几个特别不和谐的声音，仿佛是为了让听众稍后能够更好地欣赏音乐谐调的魅力。她转向邻座：

"我原本不知道我喜不喜欢勃拉姆斯。"

"我呢，我原本也不知道您是否会来。"西蒙说道，"我向您保证，无论您是否喜欢勃拉姆斯，对我来说并没有什么不同。"

"乡下怎么样？"

他吃惊地看了她一眼。

"我给您家里打过电话，"波勒说，"是想告诉您……我接受您的邀请。"

"我很怕您打电话来拒绝我，或者压根儿就不给我来电，所以干脆出门去了。"西蒙说。

"乡下风景好吗？您去了哪里？"

她想象晚霞映照下乌当的山丘，哀伤和愉悦交织在心头。她希望西蒙能跟她聊一聊这个话题。此时此刻，她原本会同罗杰在赛普特伊落脚，两人一起漫步，在同一条小路上，在枯黄的树下。

"我也是这儿瞧瞧，那儿看看，"西蒙说，"都没注意那些地方叫什么。音乐会开始了。"

听众鼓掌，交响乐团的指挥鞠躬致意，举起指挥棒，两人与两千名听众同时悄然入座。这首协奏曲，西蒙感到似曾相识，觉得它有点儿哀婉动人，有的部分则过于哀婉了。他感觉到波勒的手肘挨着自己的手肘，当演奏奔向高潮时，他的心潮也随之澎湃。然而，当音乐开始舒缓下来，他才留意到周围听众发出的咳嗽声，以及坐在前两排的某个男人脑壳的形状，尤其注意到自己心中的怒火。在乡下，在乌当附近的一家乡间旅舍，他遇到了罗杰，罗杰带着一个女孩儿。那时他站起身，和西蒙打了招呼，但没有介绍他。

第 六 章

"我怎么觉得我们好像总能碰巧遇上？"

西蒙心下讶异，什么也没说。罗杰用眼神威胁他，示意他绝口不提这次相遇——谢天谢地，这可不是男人之间心照不宣的眼神，这是一个怒气冲冲的眼神。西蒙完全没有回应。他不怕罗杰，但他担心这会让波勒痛苦。他永远不会伤害这个女人，他发誓。这是他第一次想要站在某个人身前，为其抵挡一切厄运。他这样一个人，总是很快就对自己的情人们感到厌倦，甚至害怕她们讲知心话，害怕她们说秘密，害怕她们想要他不惜一切代价去扮演一名雄性保护者的角色。他，西蒙，那么惯于逃避，如今却想要改变自己，想要等待。可是他要等待什么呢？等待这个女人醒悟自己爱的是一个毫无气魄的莽夫：这恐怕是世界上最漫长的事儿……她大概会伤心难过，会在脑子里反复琢磨罗杰的态度，也许会发现裂痕。小提琴独奏从乐团合奏中跃出，音符哀恸而凄厉地颤抖着，而后减弱下来，旋即被淹没在波涛汹涌、席卷一切的旋律之中。西蒙差点儿就要转过身，将波勒拥入怀中，去亲吻她。对，亲吻她……他想象自己朝她俯下身，他的嘴贴上她的，她的双手抱住自己的脖颈……他闭上双眼。看见他的神情，波勒心想：他真是一个音乐迷啊。然而，立刻就有一只手颤抖着摸上她的手，她不耐烦地甩开了。

音乐会散场后，他带她去喝鸡尾酒，她点了一杯鲜榨橙汁，他则要了两杯干马天尼酒。她暗自寻思，范·登·贝什太太的忧虑也许并非毫无根据。西蒙，两眼放着光，挥动着双手，同她聊音乐，而她则心不在焉地分出一只耳朵听着。也许罗杰已设法完成工作，及时离开里尔，赶回来吃晚饭。况且，大家都在看着他们俩：是因为西蒙过分漂亮，或者只是因为西蒙太过年轻，而她的年纪——起码和他站在一起——显得有些大了？

"您没有听我说话吗？"

"我在听，"她说，"不过我该走了。有人该往我家打电话了，而且，这里的人总盯着我们看！"

"您应该早就习惯了吧。"西蒙一脸仰慕地说。有了音乐和金酒的助力，他觉得自己彻底坠入爱河之中。

她露出笑容。有时候，他真叫人心软。

第 六 章

"让人来结账吧，西蒙。"

他照做了，那么不情不愿，引得波勒不禁端详他，这或许是下午以来的第一次。也许他正不知不觉地爱上她，也许他在耍什么小把戏，却自食其果。她认为他只不过是渴望猎艳；也许他比她想的更加单纯，更易动情，也没那么自负虚荣。好笑的是，正是他的容貌败了她对他的好感。她觉得他长得太漂亮，漂亮得不像真的。

如果事实如此，那么她就不该来见他，应当拒绝这次邀约。他喊来侍应生，手里转动着玻璃杯，一言不发。他突然陷入沉默。她把手覆在他的手上。

"请不要怪我，西蒙，我有点儿着急。罗杰应该在等我了。"

她第一次去雷吉娜酒吧的那个晚上，他曾经问过她："您爱罗杰吗？"她是如何回答他的？她记不起来了。但无论如何，她都应该让他明白。

"啊！对……"他说，"罗杰，那个男子汉，那个出色的人。"

她打断他。

"我爱他。"她说道，又有些赧然。她感觉自己发出的声音很做作。

"那他呢？"

"他也一样。"

"我明白了。在最美好的世界上，一切都十全十美。"

"别扮演怀疑论者的样子，"她柔声说，"这不是您这个年纪该做的事情。您应该正处于轻信他人的时候，您……"

他一把抓住她的肩膀，将她晃了晃。

"请您不要取笑我，别再跟我说这样的话了……"

我都忘了面前的是个男人了，她一边努力挣脱一边心想，这种时候，他的心态完全就是一个男人的心态，一个受到羞辱的男人的。他不是十五岁，他已经二十五岁了，这才是事实！

"我没有取笑您，而是说您扮的姿态。"她轻声说道，"您在演……"

他将她松开，仿佛泄了气。

"确实，我就是在演。"他说，"和您在一起时，我扮演年轻又杰出的律师、诚惶诚恐的爱慕者、备受宠溺的孩子，天知道还有什么东西。可是，从我认识您以来，我所扮演的一切角色都是为了您。难道您不认为这是爱吗？"

"这确实是一个很好的定义。"她微笑道。

两人陷入一阵沉默，尴尬而局促。

"我很愿意扮演深情的爱人。"他说。

"我告诉过您了，我爱罗杰。"

"那我呢，我爱我的母亲，爱我的老乳母，爱我的车子……"

"我不明白这有什么关系。"她打断道。

她想离开了。这个小贪心鬼太过年轻，要他如何去理解她的故事，理解他们的故事？要他如何去明白这五年来他们经历的那些欢愉与猜忌、情热与苦痛？没有人能把她和罗杰分开。从这份坚信里，她对罗杰萌生出那么诚挚的感激、那么深厚的柔情，于是只好倚着桌子来支撑自己。

"您爱罗杰，可您孤身一人。"西蒙说，"星期天，您孤身一人；吃晚饭，您孤身一人；也许您……您睡觉时，都总是孤身一人。而我，我会陪在您身边入睡，一整夜都将您搂在怀里；在您睡着时，我还会亲吻您。我呢，我还能爱。他呢，他却不能。您知道的……"

"您没有权利……"她一边说，一边站起身来。

"我有说话的权利，我有爱上您的权利，我还有将您从他身边夺走的权利，如果我可以的话。"

波勒已经走出去了。他站起身来，又坐了回去，双手捧着头。我一定要得到她，他想，我一定要得到她……否则我将痛不欲生。

第七章

　　周末过得十分舒心。那位梅茜——她娇嗔着向他坦白，其实她的真名叫作玛塞勒，而这个名字显然与她想当女明星的志向背道而驰——是个守信的人。一旦躺下，她便不再起来，不像罗杰熟知的某些女人。在她们的日程里，到点儿就要喝鸡尾酒、吃午餐、吃晚餐、喝茶等等，她们还能找到同样多的借口去更换衣服。两人一直待在房间里度过了两天，唯独出去过一次，却遇上那个过分秀气的年轻人——亲爱的泰雷扎的儿子。此人当然没什么机会遇到波勒，可罗杰还是隐隐有些不安。去里尔工作的借口有些拙劣，倒不是因为他自以为这样就可以骗得过波勒，还能一边对她不忠、对她说谎，而是因为他的不忠行为不受时间和空间的限制。"星期天吃午饭的时候，我在乌当，见到了您那天晚上的那位朋友。"他想象波勒听到这句话时会一言不发，或许还会将视线别开一瞬。痛苦的波勒……这个形象由来已久，存在至今，而罗杰因为自己对此总是极力否认，感到羞愧不已；还让他惭愧的是，晚些时候他要开车把梅茜－玛塞勒送回家，再转身前往波勒家，这令他十分愉快。不过，波勒应该不知道这件事。这两天，没有他。没有他总是强迫她出门，想必她已经好好休息一番了吧。她应该会和她的朋友们一起打打桥牌，收拾收拾她的公寓，读一读那本新书……他突然疑惑，为什么自己会那么急切地想给波勒安排好她的星期天呢。

"你车开得真好呀。"旁边传来一个声音，他吓了一跳，看向梅茜。

"你这么觉得？"

"况且，你什么都做得好。"她一边说，一边懒洋洋地仰倒在车座上。

他很想叫她忘记，忘记一下她那小小的身躯和已经餍足的欲望。她笑得楚楚可怜，或许是故意为之；又拉起他的手，放在自己的大腿上。在他的手指下，她的大腿又硬又热，他微微一笑。她愚蠢、喋喋不休，又很爱做作。因为总拿爱情当玩笑，她将爱情变得出乎意料地粗俗；他心里有关温情、友情或是某种趣味的一切欲望，都被她化为乌有，而这种做法让她变得更加迷人。真是个无法交流、矫揉造作又粗俗不堪的小坏蛋，但和她做爱很舒畅。他放声大笑。她没有问他为什么笑，而是把手伸向了收音机。罗杰的眼神跟随着她的动作……那天晚上，波勒说了什么？说的是那台收音机，还有他们夜晚的约会？他记不清了。电台正在放送一场音乐会，她换了台，而后因为找不到更好的节目又转了回来。那是勃拉姆斯的音乐会，播音员颤着声介绍，掌声噼噼啪啪地响起。

"我八岁的时候，想成为一名交响乐团的指挥。"他说，"你呢？"

"我啊，我想去拍电影，"她说，"我会成功的。"

他心想，这倒是挺有可能的。终于把她送到了家门口，她紧紧攥住他的外套。

"明天，我要去跟我的那位丑八怪先生吃晚饭。但是我想快点儿，快点儿再见到我的小罗杰。我一有点儿空，就会给你打电话。"

他微微一笑，感到甚是满意，因为自己正在扮演一个年轻地下情人的角色，尤其隐瞒的对象还是另一个和他年纪相仿的男人。

"你呢，"她接着说道，"你能接我的电话吗？我听说你并不是一个自由的男人……"

"我是一个自由的男人。"他一边说，一边挤眉弄眼。他才不会同她谈论关于波勒的事！她在人行道上蹦蹦跳跳，到了门廊后朝他挥了挥手，他重新出发了。最后一句话让他有点儿难堪。"我是一个自由的男人。"这句话意味着，不需要负任何责任的自由。他加快车速。他想尽快见到波勒，只有她能让他感到安心，她也会让他安心。

波勒大概只比罗杰早了一步到家，因为她身上还穿着大衣。她面色苍白。他一到，她便扑到他的身上，靠着他的肩膀，一动也不动。他收拢双臂抱紧她，脸颊贴着她的发丝，等着她开口。迅速赶回来果然是个明智的决定，她很需要他，大概是遇上了什么事情。想到自己曾有过这种预感，他便觉得心中对她怀有的温情越发深厚。他在保护她。当然，波勒很能干，既独立又聪慧，但她可能比他认识的所有女人都更加具有女性特质，他十分清楚这一点。正因如此，对她而言，他就是不可或缺的。她轻轻挣开他的双臂。

"你的旅途顺利吗？里尔怎么样？"

他瞅了她一眼。没有，当然，她什么也没有怀疑。她并不是那种会设下这类圈套的女人。他挑了挑眉。

"就那样。你呢？发生什么事了吗？"

"什么事也没有。"她说完，转过身去。

他没有追问下去，晚一点儿她就会告诉他的。

"你在这儿都做了什么？"

"昨天，我去工作了。今天呢，我去听了一场音乐会，在普莱耶音乐厅。"

第七章

"你喜欢勃拉姆斯吗？"他微笑着问道。

她本来背对着他，闻言冷不防转过身来，令他往后退了一步。

"你为什么这样问我？"

"回来的时候，我从收音机里听到了这场音乐会的一小段。"

"是吗？那倒也是。"她说，"这场音乐会有转播，确实如此……不过，真让我意想不到，你居然还有音乐迷的一面……"

"你不也一样。你怎么去听了音乐会？我还以为你会去达雷家里打桥牌，或者……"

她打开小客厅的灯，脱下大衣，动作有些疲惫。

"小范·登·贝什邀请我去音乐会，刚好我那会儿无事可做，而且我也记不清我喜不喜欢勃拉姆斯……你相信吗？我不记得我喜不喜欢勃拉姆斯……"

她先是轻笑出声，接着笑声越来越大。罗杰的脑海里刮起一阵旋风。西蒙·范·登·贝什？他们在乌当相遇的事……他没有说吧？而且首先，她为什么要笑？

"波勒，"他说，"你冷静一点儿。先来说说，你跟那小子都做了什么？"

"我去听了勃拉姆斯。"她说完，又继续笑。

"别再说勃拉姆斯了……"

"就是和他有关……"

他擒住她的双肩。她笑出了眼泪。

"波勒，"他说，"我的波勒……那个家伙跟你讲了什么？先说说，他对你有什么样的心思？"

他怒火中烧，觉得自己落于人后，受人欺骗。

"显然，他二十五岁了。"他说。

"对我来说，这是个缺点。"她温柔地说道。他再次将她拥入怀中。

"波勒，我是那么地信任你！那么信任！想到那样一个轻浮的小年轻能讨你欢心，我就受不了。"

他紧紧搂住她。突然间，他想象波勒把手伸向另一个男人，拥抱、亲吻另一个男人，把自己的柔情和关怀给予另一个男人，便觉得心如刀割。

男人总是不自知。波勒心中并无苦涩地想，"我是那么地信任你",那么信任,所以我可以欺骗你,留你孤身一人,但要反过来却不可能。真是高尚。

"他很体贴,但无关紧要。"她说,"其他的没了。你觉得我们去哪里吃晚饭好?"

第八章

"请您原谅我。"西蒙写道，"确实，我没有权利跟您说那些话。我那时心中嫉妒，我想，人们只对自己拥有的东西有嫉妒的权利。无论如何，显然我让您感到十分困扰。您将要摆脱我了，我要出发去外省，和我尊敬的大律师一起，去研究一个重要的案子。我们将会去他朋友家，住在乡下的一个老房子里。在我的想象中，床铺会散发马鞭草的气味，我们会在每个房间生起炉火，清晨，鸟儿们会在我的窗前歌唱。但我知道，这一次，我不能扮演一个田园牧歌中的青年了。您将会在我身旁入睡，炉火映照下，我感觉您触手可及；我将会有多少次渴望回来，却无法回来。请您不要认为——即便您再也不想见到我，也请您不要认为我不爱您。您的西蒙。"

信纸夹在波勒踌躇不定的手指间，滑到被褥上，又落到了地毯上。波勒将脑袋靠在枕头上，合上双眼。也许他爱她吧……今早，她感到疲惫不堪，昨晚睡得很糟糕。这都是由于前一天她询问罗杰回程的情况时，他随口说出的短短一句话。一开始她还没有注意到，但他说那句话的时候支支吾吾，声音越来越低，最后听都听不清了。

"当然喽，星期天的返程总是讨人厌……不过，实际上，高速公路即便堵车，也很快……"

如果罗杰说话时没有变换语调，或许她也不会察觉到什么。她心里的下意识反应，两年来快速增长的强烈保护性反射，会令她立刻联想到，一条奇迹般通往里尔的全新高速公路。可他的话戛然而止，她没有看向他，在十五秒的沉默后，她不得不重新开启话题，两人继续安静地聊天。他们的晚餐就在这样的气氛下结束了。但在波勒看来，此时她所感受到的那种远胜于任何嫉妒心或好奇心的疲惫与沮丧，似乎再也不会离开她了。面前的这张面孔，她那么熟悉、那么深爱；可这张面孔在揣测她是否明白，在她的脸上寻找痛苦的神色，宛如一个令人难以忍受的刽子手。于是她心想：他令我受苦至此，难道还不够吗？最起码，难道他就不能对此视而不见吗？她感觉自己再也无法像他期望的那样，优雅自若地从椅子上站起身，穿过餐馆，甚至再也无法在家门前对他说再见。她宁愿自己能够做出别的反应：对他破口大骂，把手里的玻璃杯砸到他的头上，摆脱她自己，摆脱一切让她变得端庄、可敬的东西，摆脱一切将她和他遇见的那些轻浮女子区别开来的东西。她宁可自己是那样的女人。他已经同她说了很多次，说这些女人对他而言象征着什么，说他就是这个样子，说他不想瞒着她。没错，他很诚实。但她暗自思忖：诚实，这错综复杂的生活中唯一可能的诚实，难道不在于爱一个人，爱得足够深，从而让对方感到幸福吗？即便在需要的时候，得放弃自己心爱的那些象征。

西蒙的信还落在地毯上，起身的时候，她一脚踩在了上面。波勒拾起那封信，重新读了一遍。接着，她拉开桌子的抽屉，拿出笔和纸，写下回信。

西蒙独自待在客厅。那件案子结束了，一大群人来给大律师道贺，西蒙不想跟他们混在一块儿。屋子里阴暗而凄冷，前一夜结了冰，透过窗户，可以望见一片天寒地冻的景象：两棵光秃秃的树，一片枯黄的草地，两把藤编的扶手椅在那儿慢慢地腐朽，那是某个漫不经心的园丁献给秋天的。西蒙在读一本英文书，讲的是一个女人变成狐狸的离奇故事。他不时高声大笑，两条腿动来动去，双脚一会儿交叉，一会儿又分开，身体上的不适感一点点溜进他和书本之间，直到他站起身，放下书本，走了出去。

他走到花园下面的一个小水塘边，呼吸着寒冷的气息，闻着夜晚混合着枯叶燃烧的气味，那是从稍远处传来的，他勉强能看见篱笆后面正冒着烟。在所有气味中，他最喜欢枯叶燃烧的气味，于是他稍作停留，闭上双眼，以便更好地嗅闻那味道。时不时地，有一只鸟儿轻轻发出一声凄切的鸣叫。一切都很完美，各种忧郁伤情汇聚在一起，让他心里依稀有了些宽慰。他朝着黑魆魆的水面俯下身去，伸手探入水中，看见自己纤瘦的手指在水面下变得扭曲歪斜，几乎垂直于掌心。他静止不动，只是在水中握紧拳头，动作缓慢，仿佛要抓一条神秘的鱼。他已经七天没有见到波勒，七天半了。她应该已经收到他的信，看完微微耸耸肩膀，将信藏起来，以免罗杰发现后会嘲笑他。因为她很善良，他很清楚。她善良、温柔，却不快乐，而他需要她。如何才能让她知道呢？他已经努力过，一天晚上，在这幢阴森森的房子里，他努力地想念她，想得那么久、那么深，希望她能在遥远的巴黎接收到这份思念；他甚至穿着睡衣，重新走下楼，到书房里寻找一本关于心灵感应的著作。白费力气，当然了！这么做很幼稚，他明白，他总想通过一些幼稚的办法或是碰运气去解决问题。可是波勒不同一般，他必须配得上她才行，对此他不能故作不知。他无法凭借外表的魅力去吸引她。与之相反，他感觉自己的外表是个阻碍，连累他无法得到她的青睐。"我长着一副理发店学徒的模样，只能做个候补。"他高声哀叹，那只鸟儿恼人的鸣叫也停顿了一下。

西蒙慢慢往上走到屋子里，躺在地毯上，往火炉里添了一块柴火。弗勒里律师要回来了，凯旋时，他表现得很谦逊，但要比往常更加自信。他会在几个着了迷的外省女人面前追忆那些著名的大案子，到了餐后甜点时间，她们有些困倦，因勃艮第葡萄酒而变得迷离的眼神，开始转向那个彬彬有礼又沉默寡言的年轻实习助手，也就是西蒙本人。"我的小西蒙，您和这位女士艳福不浅哟。"弗勒里律师会悄悄对他说，也许还会将那位年龄最大的女士指给他。他们之前也一起旅行过，大律师说话总爱含沙射影，但两人之间并没有因此而疏远。

西蒙的预料得到了证实。不过，这是他有生以来最愉快的晚宴之一。他说起话来滔滔不绝，还打断大律师的讲话，迷倒了在场所有的女士。到场时，弗勒里律师拿给他一封信，是由克勒贝尔大街转寄到鲁昂法院的。这封信来自波勒。他把手插在口袋里，用手指感触那封信，脸上挂着幸福的微笑。说话时，他力图记起信中确切的词句，悄悄地在脑海中将它们重新拼凑。

"我的小西蒙——她总是这样称呼他，您的来信太过哀伤。我不值当。此外，这段时间我一直在想您。我不知该何去何从。"她再次写下他的名字"西蒙"，接着，她又添上了几个绝妙的字眼——"快回来吧"。

等晚宴一结束，他便要立刻返回。他将会一路飞车直奔巴黎，从她的门前经过，也许还能见到她。

两点钟，他把车停在波勒家门口，无法动弹。半个小时后，一辆汽车在他面前停下，波勒下了车，只有她一个人。他没有动作，只是望着她穿过街道，朝着重新出发的汽车挥了挥手。他动弹不得。那是波勒。他爱着她，他听见自己心底的爱慕呼唤着波勒——追上她，告诉她。他一动不动地听着这一切，感到惊惶失措，内心煎熬而空茫。

第九章

　　布洛涅森林的湖面在眼前铺展开来，寒气逼人，笼罩在一片暗淡的日光下。湖面上只有一名赛艇运动员。他是那些怪人中的一个，人们每天都能见到他们努力运动健身的身影，但因其外貌平淡无奇，并无人在意。此刻他正不遗余力地将夏天唤回此处。他的船桨时不时激起一片银光闪闪的水花，但在树木冻结的冬天，颇为不合时宜，反而显得萧瑟凄凉。波勒望着他在小艇里全力以赴地划着桨，眉头紧锁。他将会环绕小岛一周，归来时精疲力竭，却扬扬自得。而她会发现他每日执着环绕的那一小圈，具有象征性的意义。西蒙，在她身旁，一言不发。他在等。她转过身来，对他微微一笑。他只是看着她，并没有回以笑容。两个波勒之间不存在任何可比之处：一个是他前一晚为之驱车跨越了一个省，对他敞开心扉，并且——他清楚地知道——一丝不挂的波勒，在他的心目中，她已经被自己征服了，就像他昨天开过的那条路一般；另一个则是不动声色的波勒，见到他也不怎么高兴，还在他身旁的铁椅上，在这荒凉的环境下打盹儿。他感到失望，并误解了这失望的情绪，以为自己不再爱她了。他着了魔地去往乡下，在那座凄凉的房子里度过八天，堪称他被自己的想象引诱去做的诸多蠢事中的典范。然而，他抑制不住心中这痛苦的欲望，意乱情迷，一心只想将疲倦的脑袋按在椅背上，压得她颈背青紫一片，将自己的嘴贴近这张丰厚饱满、宁静安详的嘴。两个小时以来，从这张嘴里吐露出不少抚慰人心、温柔体贴的话语，但他根本不在乎。她写信对他说："快回来吧。"比起他对这些话语的期盼，更让他感到懊悔的是，他在阅信时喜悦的心情，他那愚蠢的欢欣，他全心的信任。他宁愿自己因一个正当的理由而痛苦，也不愿为一个不当的缘故而快乐。他将这个想法告诉她，她从桨手身上移开目光，转而注视他。

"我的小西蒙，每个人都会有这样的想法。这样的观点是否理所当然，自不待言。"

她笑了。那天凌晨，他就像一个疯子，赶到马提尼翁大街，而她立刻就让他明白了，那封信毫无意义。

"可是，"他接过话，"您并不是一个会对任何人写信说'快回来吧'的女人。"

"那时我独自一人，"她说，"正处于一种奇怪的状态。显然，我本不该写信对您说'快回来吧'，确实如此！"

其实波勒言不由衷。西蒙来了，她很高兴他来了。那么孤单，她曾经那么孤单！罗杰有了一段新的艳遇（这件事并没有瞒着她），对方是一个痴迷于电影、娇小而年轻的女人。尽管他们从未谈起这件事，但他似乎对此相当愧疚，不过，他有五花八门的借口，往常他心满意足时可想不出来这么多。这个星期，她和他一起吃过两次晚餐。只有两次。事实上，如果她的身边没有这个因她的过错而痛苦的小伙子，她自己便会悲痛欲绝。

"来，"他说，"我们回去吧。您觉得无聊了吧。"

她站起身，没有反对。她很想将他逼得无路可退，又怪自己太过残忍。这残忍其实是她内心忧愁的另一面，是想要报复的荒唐欲望，可他不该遭此报复。他们俩坐上西蒙的小汽车，他露出一个苦涩的微笑，想到两人首次同游在他的心目中应当是什么情景：他握着波勒的手，左手则极其灵活地引着这张美丽的面庞倾向他。他摸索着向波勒伸出手，她双手将它握住，想道：难道我永远、永远都不能做些荒唐事吗？他停下车，她什么话也没有说。他盯着自己的手，在波勒的双手间一动也不动，她的手微微张开，仿佛时刻准备好要将他放开，也许她巴不得这么做。他把头向后一仰，忽然感到心力交瘁，心甘情愿就此放手，永远离她而去。这一刻，他仿佛一下老了三十岁，向命运低下了头。波勒第一次觉得自己似乎看清了西蒙。

这是头一回，波勒觉得西蒙和她、和他们（罗杰和她）是同一类人，并不是指脆弱这方面，因为她一直都知道他是脆弱的，也想象不出有什么人能够不脆弱；而是指他摆脱了、抛弃了他的年轻、美貌、不谙世事赋予他的一切，这也是他身上令她难以容忍的东西。在她眼里，一直以来他都隐约是个囚徒——被囚于他的天赋、他生活的安逸。而此刻他向后仰去，不是靠向她，而是靠向树木，这是一个半死不活、放弃挣扎的男人的形象。与此同时，她又回忆起两人初见时那个轻松活泼、目瞪口呆、穿着晨衣的西蒙。她很想把他还给他自己，决绝地赶走他，让他在短暂的忧郁过后，去找将来那千千万万一眼便可望到底的小姑娘。时间对他的教育虽然比她缓慢，但能把他教得更加出色。西蒙任自己的手在她的双手间一动不动，她的手指感受到他跳动的脉搏，倏地，她的泪水涌上眼眶，不知落泪是为这太过温柔的青年，还是为她自己颇为凄凉的命运。她拉起这只手放到唇边，吻了一吻。

西蒙一声不吭，重新启动了车子。这是第一次，有什么在他们之间发生了，他心里明白，比前一天还要高兴。终于，她"看见"了他。如果他蠢到认为他们之间的第一件大事只是一夜欢好，那么他也只能怪自己了。

他需要很大的耐心、很多的温柔，也许还需要很长的时间。他觉得自己耐心十足、温柔体贴，眼前还有一辈子的路要走。他甚至觉得这一夜欢好如果真的降临，那也仅仅是一个中途站，而绝不是他一般预见到的那种寻常结局：他们之间还会有多少个日日夜夜，也许，永远不会走到尽头。他一边想着，一边心切地渴望着她。

第十章

范·登·贝什太太正在老去。迄今为止，得益于她的容貌，仰仗她身上——至少在和杰罗姆·范·登·贝什意外结婚之前——可以被称作"天职"的东西，比起女性朋友，她拥有更多的男性朋友。而随着渐渐人老珠黄，她感受到了一种孤独，这令她灰心丧气，使得她无论男女，一见到都想与其纠缠一番。通过她们的商务往来关系，她发觉波勒是一个理想的伴侣。克勒贝尔大街的那所公寓乱七八糟，波勒每天，或者几乎每天都必须去那儿一趟，范·登·贝什太太便能找到千百种借口将她留住。此外，这位波勒，尽管看起来心不在焉，但似乎同西蒙非常亲近。范·登·贝什太太想在他们之间找到更加确凿的蛛丝马迹来证明两人情投意合，但是一无所获；可她还是忍不住对着儿子使些眼色，说一些似乎在影射波勒的话语，总把西蒙气得发疯。于是，一天晚上，她看到她的儿子，面色苍白，形容憔悴，猛地将她紧紧抓住，还威胁她——她，他的母亲！——如果她把一切都"搅乱"了，他就要给她点儿颜色瞧瞧。

"搅乱什么？你可以放开我了吗？你和她睡过觉了吗？"

"我都跟你说过了，没有。"

"所以呢？如果她没这种想法，那我就让她这么想。这对你来说再好不过了。她可不是十二岁。你带她去听音乐会，去看各种展览，天知道还去了什么地方……你认为这样做就让她高兴了吗？傻瓜，你不明白……"

然而西蒙早已冲出门去。他回来已经三个星期了，生活都围着波勒打转，心思全放在波勒身上，只在白天她偶尔应承他的几个小时里有点儿生机活力，不到最后一刻不愿离开她，还要额外再多握一会儿她的手，就像他过去总是嘲笑的那些浪漫主人公一般。会客厅装修结束，西蒙的母亲决定举办晚宴，邀请波勒前来，这个消息让他忧虑不安。他的母亲还打算邀请罗杰，也就是波勒的公开伴侣，以及另外的十个人。

罗杰接受了邀请。他想再就近观察观察那个处处跟着波勒的小纨绔，她在谈论他时常常表现出一种喜爱之情，不过比起有所保留，这真情流露反倒更让他放心。此外，罗杰心里对波勒也颇为愧疚，因为他已经冷落她一个月了。可是他被梅茜迷得丢了魂儿，沉迷于她的愚蠢、她的肉体、她冲他发的那些恼人的脾气、她病态的嫉妒心，还有她对他出乎意料的爱欲。她日益增长的情欲每天朝他迎面扑来，如此不知羞耻，令他神魂颠倒。他感觉自己仿佛生活在一间土耳其浴室里，心里恍恍惚惚地想着，这是他这辈子挑起的最后一段原始的激情。于是他顺其自然，总是取消和波勒的约会——波勒便回复"那好吧，亲爱的，明天见"，声音平静无波——接着回到那间丑陋的小客厅，梅茜在那儿，含着眼泪发誓，如果他表达出意愿，她会为他牺牲自己的事业。他怀着好奇心观察自己，思考自己能对这段愚蠢的私情忍受到何种程度，而后将她揽入怀中，听她娇柔地说起了情话。她咕哝的那些半是痴傻半是粗俗的语句勾起了他的情欲，这是他从前难得体会到的。那位西蒙，陪在波勒身边，表现得极其持重，倒也十分便利。等和梅茜分了手，他便会让一切归回原位，还会娶波勒为妻。罗杰对任何事物都不确定，对自己也是如此；唯有一件事是他向来确信不疑的，那就是波勒坚不可摧的爱情，以及这些年来他自己对波勒的眷恋。

罗杰迟来了一会儿，打从第一眼起，他便意识到这是会让他无聊得要命的那种晚宴。波勒时常责备他不爱交际。事实上，在工作之外，他从来不见任何人，除非有十分明确的目的，不然就是去找波勒或者他唯一的朋友聊天。他独自生活，忍受不了巴黎频繁举办的某些社交聚会，每次一到场就想做出粗鲁的举动，或是直接离开。被挑选受邀赴宴的人中，有不少是在他们的圈子里结识的，或者通过杂志认识的，当然他们都格外和气可亲。席间，可以和他们一起谈论戏剧、电影，或者糟糕一点儿，谈论爱情和男女关系。在所有话题中，这一个最让他畏惧，因为他觉得自己对此即便并非一无所知，至少也无法明确表达自己的相关认知。罗杰神色倨傲地同所有人打了招呼。他高大的身躯微微绷紧，就像每次聚会那样，总感觉自己一出场便掀起一阵风，显得颇为不合时宜。这感觉倒是有几分道理，因为他看起来是那么格格不入，一开口总会将话题岔开，但这一点在很多女人眼中，是十分性感的。波勒穿着他喜欢的那条黑色裙子，领口开得比其他裙子都要低，他朝她俯下身去，对她露出感激的微笑，感谢她现在打扮的这副模样：对他而言，在此处，唯一能够辨认出来的只有她。她闭了闭眼，极度渴盼他能将她拥入怀中。罗杰在她身旁坐下，这才看见一动不动的西蒙，心想他见到自己出席必定会感到痛苦，于是本能地缩回他放在波勒身后的胳膊。她回过头，在周围的一片交谈声之中，三人突然陷入沉默，两方僵持着不开口，直到西蒙朝波勒倾过身，递火给她点烟，沉默才被打破。罗杰望着他们，望着西蒙修长的轮廓，他那肃穆的、过于清秀的侧脸，倾向波勒端庄的侧面，他不由自主地放肆大笑起来。他们矜持稳重，心思敏感，有良好的修养；他朝她递火时，她始终避开身体，一切都很有分寸，她还一边说："谢谢，不用了，谢谢。"罗杰则是另一类人，有个小婊子正等着他，期盼着最庸俗的欢愉，而在与她完事儿后，便是巴黎的夜，和千千万万次邂逅；黎明过后，是令人筋疲力尽、几乎全靠体力的工作，罗杰会和像他一样的男人们一起，疲累至死，而这就是他所从事的职业。在波勒声音平静地说"谢谢"的同一时刻，罗杰情不自禁地抓住她的手，紧紧攥着，想将她的注意力召回自己身上。他爱她。这个小子当然可以带她去音乐会或博物馆，但他什么也改变不了。罗杰站起身，从托盘上拿起一杯苏格兰威士忌，一饮而尽，感觉舒服了一些。

晚宴的过程正如罗杰预料的那般。他嘟囔了几声，想说点儿什么，但直到结束时，范·登·贝什太太问他话，他才清醒过来。她问他，是否知道某某和谁睡了，显然是想让他知道此事。他回答说，他对此事不感兴趣，在他眼里，这还不如了解那人吃什么来得重要，与其盯着别人床上的那档子事儿，不如关心关心人家的餐桌，还能少招来一些麻烦。波勒笑了，因为他这样一说，无疑将整个晚宴的谈话都推翻了，西蒙也忍不住像她一样笑起来。罗杰喝得太多，起身时摇摇晃晃，没有注意到范·登·贝什太太正摆出一副媚态，轻轻敲着她旁边的座椅。

"我的母亲找您。"西蒙说道。

两人面对着面。罗杰看着他，在他脸上模模糊糊地找寻一个柔软的下巴，或者一张软弱的嘴，但一无所获，这让他心情变得很糟糕。

"波勒想必在找您吧？"

"我这就过去。"西蒙说完，转身就走。

罗杰一把抓住他的手肘，蓦地火冒三丈。那个小伙子望着他，一脸诧异。

"您等一下……我有事要找您。"

他们细细打量对方，彼此都意识到其实他们依然无话可说。罗杰惊讶于自己的举动，西蒙则对此感到十分得意，不禁露出微笑。罗杰明白过来，松开了他。

"我想找您要一支雪茄。"

"马上就拿来。"

罗杰的目光紧盯着他。接着，他走向正在同一群人交谈的波勒，拉住她的手臂。一跟着他走开，她便立即向他发问：

"你对西蒙说了什么？"

"我朝他要了一支雪茄。你在害怕什么？"

"我不知道。"波勒安下心来，"你刚刚看起来很生气？"

"我干吗要生气？他只是个十来岁的毛头小子。你以为我在嫉妒吗？"

"没有。"她说完，垂下了双眼。

"如果我要嫉妒谁，那不如去嫉妒你左边的邻座。最起码，那是个男人。"

波勒思索了一下他说的是谁，想明白后不禁微微一笑。她甚至没有注意过那个人。整场晚宴在她眼中都被西蒙照亮了。他的双眼就像一座灯塔，眼神每过两分钟就会定时扫过她的脸，还会多停留一秒，寻求她的目光。偶尔她会对上他的眼神，他便会露出微笑，笑得那么温柔、那么不安，她无法不回以一个微笑。西蒙比她左手边那位可要俊美得多，也更加生动鲜活，她觉得罗杰一点儿都不懂。这时西蒙走了过来，递给罗杰一盒雪茄。

"谢谢，"罗杰谨慎地从中挑出一支，说道，"您还不懂一支好雪茄是什么味道吧。那是我这个年龄的人才能体味到的乐趣。"

"那就留给您了，"西蒙说，"我讨厌这个。"

"波勒，你一直都不讨厌烟味吧？而且，我们一会儿也该回去了，"他一边说一边转向西蒙："我还得早起。"

西蒙对这个"我们"不以为然。"他的意思是，他会把她送到家门口，然后自己去找那个小婊子，而我呢，我就得留在这儿，离她远远的。"他望着波勒，觉得自己从她的脸上看到了一样的心思，轻声说道：

"如果波勒不累的话……我可以晚点儿再送她回去。"

两人一同转向波勒。她朝西蒙微微一笑，表示自己更想回家去，已经挺晚了。

在车上，他们一个字也没说。波勒在等。她正在兴头上，罗杰却把她从晚宴上拉走。他欠她一个解释，或者说一个借口。在她家门前，他停下车，但没有关引擎……她随即了然，知道他什么也不会说，也不会上楼，他所做的一切不过是作为谨慎的所有者的一种反应。她下了车，轻声说"晚安"，接着便穿过街道。罗杰立刻发动汽车，心中十分懊恼。

然而，在波勒家门前，停着西蒙的车，西蒙就在车里坐着。他大声喊她，她走过来，一脸惊讶。

"您怎么在这儿？您肯定是像个疯子一样开车过来的。您母亲的晚宴呢？"

"坐一会儿吧。"他恳求道。

两人在夜里窃窃私语，仿佛有谁会听见似的。她熟门熟路地钻进小小的汽车里，发觉自己竟已习惯于此，也习惯了她眼前这张信心十足、被路灯散发的光芒一分为二的面庞。

"您不会觉得特别困扰吧？"他问。

"不……我……"

他在她身边，但离得太近了，她心想。这个时间要聊天也太晚了，他不该追过来找她。罗杰可能会看到他，这一切都太过疯狂……她抱住西蒙亲吻。

街道上刮起了冬风，吹进敞着门的车子，将两人的头发吹到他们之间。西蒙在她脸上印满了吻，波勒昏昏然，呼吸着这个年轻男人的气息、他的喘息，以及夜晚的凉意。她一言不发地离开了他。

黎明时分，波勒在半梦半醒间，仿佛又看见夜间的劲风将西蒙浓密的黑发同她的头发缠绕在一起，像一道丝滑柔软的屏障一直竖立在两人的脸庞之间，她似乎仍能感觉到那张灼热的嘴，将那道屏障穿透。她微笑着，再次酣睡过去。

第十一章

西蒙至今已有十天没有见到波勒。在那失控的、柔情似水的一夜，她拥着他亲吻。次日，他便收到她寄来的一封短信，嘱咐他别再想尽办法同她见面。"我会给您带来痛苦，可我对您情意太深。"他不明白，比起为他担忧，其实她更为自己提心吊胆。他还以为她此举是出于怜悯，因此并无不快，只是去寻个方法、想个主意，好让自己能够应对没有她的生活。他没想到的是，诸如"我会给您带来太多痛苦，这是不慎重的"此类婉转的措辞，常常是标注在一段谎言前后的双引号，绝不是泼冷水。波勒也不懂这一点。她害怕了。她无意识地等着

第十一章

西蒙来找她，迫使她接受被爱。她不堪忍受：冬天日复一日的单调生活；独自一人从公寓到工作地点；途经的那些一成不变的街道；以及那言不由衷的电话——她每次挂掉时都感到遗憾，因为罗杰的声音在电话里总是心不在焉又充满愧疚；最后，还有对那再也找不回的悠长夏日的怀念。一切都使她陷入一种无能为力的消极状态，不顾一切地渴求着"能发生点儿什么事情"。

西蒙在工作。他守时、勤勉、寡言少语。他间或抬起头，目光失神地盯着爱丽丝太太，一根手指在嘴唇上来回摩挲……波勒，那最后一夜，她的嘴粗鲁又蛮横地覆上他的嘴，接着她的头向后仰去，双手轻柔地捧过西蒙的脸，紧紧贴在她自己的脸上，还有风……爱丽丝太太被这目光盯得发窘，不时轻咳几声，他面露微笑。波勒那时的冲动是出于气恼，仅此而已。后来他没有再试图尾随她，也许是错的？十次、二十次，他在脑海中反复回想过去几个星期发生过的最细微的事：他们最后一次驱车出游，他们在中途溜走的那场无聊至极的展览，在他母亲家中举办的那场地狱般的晚宴……回想起来的每一个细节、每一幅图景、每一种假设，都令西蒙多痛苦一分。然而，日子一天天过去，是争取时间，还是浪费生命，他也不知该何去何从。

一天晚上，西蒙和一位朋友走下一道昏暗的楼梯，进了一家之前没去过的小夜总会。他们来前已经喝了很多，又点来一些酒，再次悲伤了起来。一名黑人女子前来献唱。她长着一张玫瑰色的大嘴，打开千万扇伤怀愁绪的门，点燃一簇簇失意感伤的火，使得两人一同陷入其中。

"如果能够爱一个人，我愿意用两年寿命去换。"西蒙的友人说道。

"哎，而我呢，我爱着一个人，"西蒙说，"可她永远都不会知道我爱她。永远。"

他拒绝做任何说明，同时觉得并非毫无希望，觉得这是不可能的——他心头涌动的深情怎么可能会落得一场空！他们邀请那位女歌者共饮。她出身皮加勒区，可她再次唱歌时却仿佛来自新奥尔良，在头晕目眩的西蒙眼前展现出一种淡蓝色的温柔生活，那儿人影绰绰，伸出无数只手。他一个人待到了很晚，听她歌唱。拂晓时分，他醒过酒来，回到自己的家中。

翌日，晚上六点，西蒙在波勒工作的商店门口等她。雨正下着，他双手插在兜里，感觉到它们在颤抖，心中不免懊恼。他觉得自己异常空虚，麻木迟钝。我的天哪，他心想，也许我在她面前，得以饱受痛苦已经是再好不过的了。他厌恶地做了一个鬼脸。

六点半，波勒走出商店。她穿着深色套裙，系着一条一如她瞳色的蓝灰色丝巾，满脸倦容。西蒙向她迈出一步，她朝他微微一笑。他忽然感到一种充实而宁静的情绪占据了心灵，于是闭上了双眼。他爱她。无论他遭遇什么事，只要事情因她而起，他便什么也不会失去。波勒看见这张闭着眼睛的脸庞，看见他伸出的双手，便停下了脚步。在这十天里，她想念他，这是事实。他的如影随形、他的倾心爱慕、他的顽固执拗，在她心目中已然形成了一种不容忽视的习惯，而她也没有任何理由去逃避。然而此时凑向她的这张脸，与这习惯毫无关联，也无法为一个三十九岁的女人带来精神上的安逸。这是另一回事。在他们周围，灰蒙蒙的人行道，来往的行人和车辆，在她眼中似乎顿时化作一个凝滞不动、缺乏时代感的程式化布景。他们隔着两米的距离对望。正当波勒快要在街道嘈杂而沉闷的现实中睡着时，在她还心存戒备地清醒着、意识将要耗尽时，西蒙上前一步，将她拥入怀中。

他搂着她，但没有用力抱紧，屏住呼吸，内心一片平静。他将脸颊贴在她的头发上，凝视着眼前一家书店的招牌——"时光珍宝"。他朦朦胧胧地思考，在这家书店里，会有多少珍宝，又会有多少垃圾呢。同时，他惊讶于自己竟会在此时此刻，发出一个如此荒诞的疑问。他感觉终于解决了一个难题。

"西蒙，"波勒说道，"您到这儿多久了？您一定淋得浑身湿透了吧。"

她嗅着他身上那件粗花呢外套和他脖颈间的气味，一点儿也不想动。他的回归让她体会到一种意料之外的慰藉，仿佛得到了解脱。

"您明白的，"西蒙说，"没有您，我根本无法生活下去。我的一举一动都陷入虚无。我甚至感觉不到烦恼，好像从我自己身上被剥离了出来。您过得怎么样？"

"我呢，"波勒说，"噢！您也知道，这个时候的巴黎并不怎么令人愉快。（她尽力恢复对话的正常语调。）我看了一套新书，做出一副商业女性的样子，会见了两个美国人，谈论我去纽约的事宜……"

波勒说着话，心想，她在这个小伙子的怀抱里，站在雨中，仿佛他们一直是一对热恋中的爱侣，她用这样的语调说话也没什么意义，可她又不能动。西蒙的吻轻柔地落在她的鬓角、发丝、脸颊上，不时打断她说的话。她闭上嘴，额头在他的肩膀上抵得更紧了一点儿。

"您想去纽约吗？"西蒙的声音从她上方传来。

在他说话的时候，波勒感觉到他的下颌贴着她的头顶动来动去，这总让她想发笑，感觉自己像个小学女生一样。

"去美国，一定是一段非常有趣的经历。您不这么认为吗？我从来都没去过那儿呢。"

"我也没去过。"西蒙说，"我母亲倒觉得美国糟糕至极，不过她向来都很讨厌旅行。"

他还可以跟她聊上好几个小时，谈他的母亲、旅行的爱好、美洲和俄罗斯。他想跟她聊那些讲了又讲的寻常话题，安安静静地谈天说地，无须耗费多少力气。他既不想发表什么让她惊讶的高见，也不想再引诱她。他感觉很舒适，对自己信心十足，又自觉脆弱不堪。他应该将她送回家，才能好好地拥抱亲吻她，可他不敢放开她。

"我需要好好想一想。"波勒说道。

她甚至不知道自己说的是他，还是在说她的旅行。她也害怕抬起头，看见这张贴在她脸侧、依然青春的面庞，害怕恢复原本的面貌，变回那个理智而果决的波勒。她害怕评判自己。

"西蒙。"她低声呼唤。

他俯下身子，轻轻吻住她的双唇。两人都睁着眼睛，只能从彼此脸上看到一个闪闪发亮、布满光泽与阴影的巨大斑点，一只仿佛受惊般无限放大的、水汪汪的瞳仁。

过了两日，他们俩共进晚餐。波勒仅用寥寥数语，就让西蒙了解她这十天是如何度过的：罗杰的冷淡，他对西蒙的百般嘲笑，还有她的孤独寂寞。波勒也许期望过利用这次停息去挽回罗杰，最起码能和罗杰重新见面，修复他们之间的关系。然而她碰上的是一个赌气的孩子。她所做的一切努力，因其细致入微而动人心弦：准备一顿罗杰爱吃的晚餐，再穿上他中意的那条连衣裙，选择他喜欢的话题聊天……所有这些手段，就像是女性杂志上不值一提、格外糟糕，甚至可以说是无比拙劣的秘诀，但它们由一个聪明女子使用，便显得比任何行动都来得感人，可还是无济于事。波勒并不觉得采取这些办法会让她丢脸，也不耻于用一片巧妙的灯光或一块柔嫩的羊后腿肉，去替代那些让她欲言又止的话语："罗杰，你的过错让我痛苦。罗杰，这样的情况应该改变了。"细细想来，她会这样做，既非出于家庭主妇的一种祖传反应，也并非源自某种忍气吞声的苦涩情绪。不是的，这更多的是一种施虐，对于"他们"，对于他们曾经在一起的事实。仿佛他们中的某一个人，他或她，应该猛地站起身来说："够了。"她等待着自己，也几乎同样焦灼地等待着罗杰能做出这个反应。然而枉费力气。某种东西，大概吧，已经死掉了。

千算万算，希望不断落空，就这样过去了十天，波勒只好向西蒙投降。西蒙说着"我好幸福，我爱您"，说得并不庸俗乏味；西蒙在电话里结结巴巴；西蒙为她带来了某种完整的东西，或者至少带来了它的一半。虽然波勒很明白，此类事情必须两个人做，但她感到厌倦了，因为从很久以前开始，总是她先走出第一步，也似乎总是她在独自奋力。爱并不算什么，还应该被爱，西蒙既是在对她说，也是在说他自己。在她看来，这完全是他的一己之见。然而，在开始投入这段感情时，她惊奇地发现，自己并不像刚和罗杰在一起时那样充满兴奋和冲动，而只是感受到一股绵绵无尽的柔和倦意，这倦意甚至影响到了她的脚步。人人都建议她换换空气，她愁闷地想，她只需换换情人，换个不那么烦人，更有巴黎气息，还能常常见面的……她总是扭头不看自己在镜中的映像，或给镜子里的自己涂满冷霜。不过，那天晚上，西蒙按响了门铃。他系着深色的领带，眼神忐忑不安；他兴高采烈，又有些拘谨，就像个被命运过分眷顾，还要继承财富的人；见他这副模样，她便很想与他分享幸福。而她给予他幸福："这是我的身体、我的热情、我的温柔，它们对我毫无用处，但也许在你手里，能够重新带给我某种乐趣。"那一夜，西蒙一直依偎着她的肩膀。

波勒想象其他人、她的朋友们会以什么样的口吻说："你们知道吗，波勒的事？"比起对于闲言碎语的恐惧，对于她和西蒙之间的年龄差距——她很清楚，别人会着重强调这一点——的恐惧，更让她难受的是心中的羞愧。想到人们在谈论这件事情时会多么兴奋，觉得她多么有精力，多么热爱生活和年轻男人，她便感到羞愧难当，而她其实不过是觉得自己老了，累了，想要寻找一点儿安慰罢了。还有一点让她想到就犯恶心：别人可能在面对她时，变得既凶狠又谄媚，这种情况她已经在其他人身上见过很多次。别人以前谈到她时会说"那位可怜的波勒"，因为罗杰欺骗她；或者在她离开一个年轻俊美但令人乏味的丈夫时，他们或是指责或是惋惜，称她为"那个独立的女疯子"。然而，这一回她将要挑起的那种既轻蔑又嫉妒的复杂情绪，是其他人从未对她产生过的。

第十二章

　　不同于波勒曾经所想：西蒙，在他们的初夜，并没有睡着。他只是紧紧贴着她，把手放在她腰间一道微微的褶皱上，一动不动，听着她均匀的呼吸，跟随她的节奏。要么极其深爱，要么十分厌恶，才会假装睡觉。他模模糊糊地想道。而他，从前只习惯于第二种情况，此时感到十分骄傲，感到自己有责任去守护波勒的睡眠，就像贞女守护她们的圣火。两人就这样紧挨着度过了一夜，各自关心着对方的伴睡，专注而怜爱，不敢动弹。

　　西蒙很幸福。尽管波勒比他大了十五岁，但他觉得，比起对于一个十六岁的处女，自己需要对她担负起更大的责任。在对波勒的俯就赞叹不已的同时，他第一次从拥抱中体会到这是礼物，他觉得必须在夜里目不转睛地值守，仿佛这样就能提前保护她，使她免受将来某一天他会对她造成的伤害。他保持警戒，时刻提防着他自己的恶劣行为、他从前的虚情假意、他的恐惧、他突如其来的厌烦与他的软弱。他要让她幸福，他自己也会幸福。他心中讶异，即使在从前追求最难征服的女人时，他也从未立下过这样的誓言。清晨时分，两人都装作刚刚睡醒的样子，相继打着哈欠，静静地伸个懒腰，动作始终没有同步。当西蒙翻过身或者用一只手肘支撑身体时，波勒便本能地钻进被窝里。她害怕他的目光，这是两人有了私情后的第一眼，比任何动作都更加寻常，也更有意义。等到她耐心耗尽，忍不住开始动一动时，西蒙就眯起眼睛，像她一样全神贯注，屏住呼吸，害怕失去夜晚的幸福。终于，她无意中发觉西蒙半眯着眼睛，借着窗帘透进来的微弱晨光看着她，她便转过身来面向他，一动不动。她觉得自己又老又丑，她聚精会神地注视着他，想让他好好看她，最起码，要驱散他们之间醒来时的这种模糊不清的状态。西蒙一直半眯着双眼，露出微笑，轻声呢喃她的名字，悄悄挪到她的身边。"西蒙。"波勒唤道，接着绷紧身体，还在挣扎着想将这一夜当成一时的迷乱。他把头靠在她的心口上，轻柔地吻着她，吻她的肘弯、肩膀、脸颊，紧紧搂住她。"我梦见你了，"他说，"以后我的梦中只有你一人。"她收拢双臂抱住他。

西蒙想开车送波勒去上班，还向她说明，如果她愿意，他会把她送到街角。她有点儿阴沉地回应他，说她不需要向谁汇报。两人一时陷入沉默。还是西蒙将沉默打破。

"你在六点之前不出来吗？你和我一起吃午饭吗？"

"我没有空，"她说，"我准备在那边吃个三明治。"

"那到六点钟的这段时间，我要做什么啊？"他发出抱怨。

波勒看向他。她不安地想，能否告诉他，其实他们并不一定非要在六点见面呢？可她转念一想，想到西蒙会在门口，在他的小汽车里，在每个晚上，焦急地等待她，这让她油然而生一种真真切切的幸福感……有个人每天晚上都会等着你，会在八点钟或者他想的任何时间，毫不敷衍地给你打电话……她微微一笑。

"谁告诉你我今天晚餐没有人约？"

西蒙本在艰难地扣着袖扣，闻言停下动作。片刻过后，他说"确实没人说过"，声音无波无澜。他想到了罗杰，当然了，他也只想到罗杰。见罗杰准备收回他的宝物，西蒙害怕了。但波勒知道罗杰并没有想她，这一切让她觉得可恨至极，至少她应该慷慨大方一点！

"今天晚上，没人约我吃饭。"她说，"过来，我来帮你。"

波勒坐在床上，西蒙在她的面前跪下，伸出双臂，仿佛他的两只袖口是一副手铐。他有一对少年般的手腕，光滑而纤细。在帮他扣扣子的时候，波勒突然感觉想要重演一遍这个场景。这很有戏剧性，她心想。可她只是把脸颊贴在西蒙的头发上，幸福地浅浅一笑。

"那直到六点的这段时间，我该做什么呢？"西蒙执拗地问。

"我不知道……你可以去工作。"

"我没法工作，"他说，"我太幸福了。"

"那也不妨碍工作！"

"对我来说就是不行。而且，我知道要去做什么了。我去散散步，想想你，接着一个人去吃午饭，一边想你，然后我就等待六点钟到来。我完全不像一个活跃的年轻人，你是知道的。"

"你的大律师会说什么吗？"

"我不知道。为什么你希望我去浪费时间给未来做准备呢？反正我只对我的当下感兴趣，而且我也挺满意的。"他补充说道，还行了一个大礼。

波勒耸了耸肩膀。西蒙说到做到，在接下来的日子里都是如此。他开着车在巴黎穿梭，对所有人微笑，多少次十点准时经过波勒工作的商店，读一本书，无论读到哪里都说停就停，偶尔放下书，把头往后一仰，闭上双眼。他看起来就像一个幸福的梦游者，这令波勒感动不已，也让他在她心目中显得越发珍贵。她感觉自己在给予，并且惊奇地发现，这对她

第十二章

而言忽然变得几乎必不可少了。

　　十天来，罗杰马不停蹄，在恶劣的天气下，一个接一个地奔赴不同的商务晚餐。在他眼里，诺尔省的象征是一条滑溜溜的、无穷无尽的道路，是各个餐馆毫无特色的装潢。时不时地，他会给巴黎拨去电话，同时拨两个号码，先是听听梅茜－玛塞勒的满腹牢骚，再去对着波勒抱怨不停——有时顺序会颠倒过来。他心中沮丧，无能为力，他的生活如同这个省份一般。波勒的声音在变化，变得更加不安，也更加缥缈，他很想见她。一直以来，只要离开她十五天，他便无法不想念她。在巴黎，理所应当地，他知道波勒时刻准备好与他相见，永远能配合他的安排，他可以减少见面的频次。然而在里尔，他感觉好像回到了他们最初的那些日子，那时他总要依赖她生活，却又害怕征服她，就像当下害怕失去她一样。最后一天，罗杰向波勒告知他的归程。一瞬的沉默之后，她立即说道："我必须见你一面。"语气十分坚决。他没有提问，而是与她相约第二天见面。

罗杰在夜里回到巴黎，将近凌晨两点时，到达波勒家门口。这是第一次，他迟疑着是否要上楼。他不确定能否看到那张脸像往常一样，被他的突然到来惊得喜上眉梢，同时还要克制自己，故作冷静。他害怕了。他等了十分钟，进退两难，给自己找了各种蹩脚的理由，她睡了，她工作太累了，等等，随后便离开了。在自己家门口时，他又一次陷入犹豫，倏地掉转车头，向梅茜家驶去。梅茜正在睡觉。她朝他露出一张浮肿的脸，说她跟那些制片人出去，到很晚才回来，又不能拒绝他们……她太高兴了……而且，她刚刚正梦见他呢，如此云云。他迅速脱下衣物，无视她的挑逗，倒头便睡。这是他头一回对她毫无欲望。凌晨时分，他机械地同她做爱，听着她说的话，心情有了一丝好转，便断定一切顺利。罗杰在梅茜家度过了一个上午，直到距离同波勒约定的时间还有十分钟时，才与她道别。

第十三章

"我得去打个电话，"波勒说，"吃过午饭，时间就太晚了。"

波勒离开餐桌时，罗杰也站起身，她抱歉地朝他微微一笑。每当罗杰出于社会习俗或内在礼仪，不得不为了她起身离座时，她总会不由自主地向他微笑致歉。走下湿漉漉的楼梯去打电话时，她还在恼火地想着这件事。和西蒙在一起，情况则不同。他总是那么细心、那么兴致勃勃，时刻准备着照顾她，为她开门，给她点烟，任何微不足道的小事都能想在她前头，这一切更像是出于体贴而非迫于义务。这天早晨，波勒临走时，西蒙还半睡半醒，怀里抱着枕头，乌黑的头发一缕缕散乱着，她给他留下一句话："中午我会打电话给你。"然而，到了中午，她和罗杰重新见了面，此时此刻，却又突然丢下罗杰一个人，去给那个懒散的小情人打电话。罗杰会发现吗？多日的操劳让他眉头紧锁，看起来似乎更老了。

西蒙立刻接起了电话。一听见她说"喂"，他便哈哈大笑，她也跟着笑出声。

"你醒了吗？"

"十一点就醒了，现在都一点钟了。我还给电话局打了电话，确认我的电话没有出问题。"

"为什么？"

"你本来应该中午十二点给我来电的。你在哪儿？"

"在路易吉餐馆，我开始吃午饭了。"

"啊！好吧。"西蒙说。

两人陷入一阵沉默。而后，她冷淡地添了一句：

"我在和罗杰吃午饭。"

"啊！好吧……"

"你只会说这个：'啊！好吧……'"她说，"我最迟两点半会到店里。你在做什么？"

"我要去我母亲家里拿几件衣服。"西蒙语速很快，"我要把它们挂到你家的衣架上，接着再去德斯诺画廊取你喜欢的那幅水彩画。"

一时间，她特别想笑。这才是西蒙，这样一句赶着一句的说话方式。

"为什么？你打算把你的整个衣柜都搬过来吗？"

波勒一边说，一边思考能用什么有说服力的理由让他打消念头。可是用什么理由呢？他几乎与她寸步不离，而且直到现在，她也没有因为这件事指责过他……

"对啊，"西蒙说，"你身边有太多人了。我要扮演一只看门狗，穿上像样的衣服。"

"这件事我们回头再说。"波勒说道。

她感觉已经打了一个小时的电话。罗杰正自己一个人，在楼上。他会问她一些问题，而她在面对他时，便会情不自禁地产生一种罪恶感。

"我爱你。"西蒙在电话挂断之前对她说道。

出去时，波勒下意识地对着衣帽间的镜子理了理头发。在她眼前有一张脸，有人对那张脸说："我爱你。"

罗杰在喝一杯鸡尾酒。波勒很惊讶，因为她知道他从来不会在夜晚到来之前喝酒。

"有什么不顺心的吗？"

"怎么这么问？啊！你说这杯干马天尼？没什么，我今天太累了。"

"我好久没见你了。"她说道。见他心不在焉地点了点头，她便感觉泪水涌上了眼眶。有一天，他们真的会走到那一步："我们已经有两个月没见面了吧？还是三个月？"他们会慢条斯理地算起日子。罗杰动作滑稽，神色疲惫，尽管他身强体壮，模样有些凶狠，但看起来还是十分孩子气……她扭过头。他穿着一件灰色的旧外套。这件外套她之前见过，他们俩刚在一起时，它还几乎是全新的，被搭在她房间的一把椅子上。罗杰对这件衣服引以为傲。他只在非常偶尔的时候，会想讲究一点儿，但他又有点儿笨重，实在讲究不来。

"十五天了。"她平静地说，"你过得好吗？"

"嗯。总而言之，就那样吧。"

罗杰停下话头。也许，他正在等她问："你的生意怎么样？"但她没有这么做。她首先应当告诉他西蒙的事情，随后，他才能对她畅所欲言，在事后也不会觉得自己闹了笑话。

"你玩得开心吗？"他问道。

波勒停住。她感觉太阳穴突突直跳，心脏快要衰竭。她听见自己说：

"嗯，我和西蒙又见面了，经常见。"

"啊！"罗杰说，"那个讨人厌的小子？他还一直迷恋你？"

她缓缓地点了点头，依然没有抬起眼。

"这样总是让你开心吗？"罗杰问道。

波勒抬起头，而这一回，轮到他没有看她了——他的注意力全都集中在自己的葡萄柚上。她想他已经明白了。

"是的。"她说。

第十三章

"这样能让你开心吗？或许不只是开心吧？"

此时此刻，他们看着彼此。罗杰把汤匙放在盘子上。波勒温情脉脉，端详他嘴边的两条长长的皱纹、僵硬紧绷的脸，以及他那双挂着一点儿黑眼圈的蓝眼睛。

"不只。"她答道。

罗杰的手又落回汤匙上，将它握住。波勒心想，他从来都不知道怎样正确地食用一个葡萄柚。时间仿佛停滞了，又似乎在她的耳边呼啸。

"我想我没什么好说的。"罗杰说道。

听他这么说，她明白他不高兴了；高兴的话，他就会挽回她。此情此景下，他看起来就像一个被处以石刑之人，而她朝他掷下了最后一块石头。她喃喃道：

"你本来有话要说的。"

"你自己都说了，是'本来'。"

"就不多说什么了，罗杰。如果我告诉你，一切的决定权依然在你，那么你会怎么回答我？"

他什么也没有回答，只是盯着桌布。

她继续道：

"你会告诉我，你太爱你的自由，太害怕失去它，所以……总而言之，所以你没法做出必要的努力来挽回我。"

"我跟你说，我什么都不知道。"罗杰突然开口，"很明显，我觉得很讨厌，一想到……起码他还挺有本事？"

"问题不在于本事。"她说，"他爱我。"

她见罗杰略微放松下来，一时有些厌恶他。他放下心来：这一切只是一场感情危机。他，依然是他，是爱人，是实至名归，是男子汉。

"显然，"她又说道，"在某种层面上，我不能说我对他无动于衷。"

这是第一次，她轻率地想，我故意让他受伤了。

"我承认，"罗杰说，"在邀请你吃午饭的时候，我没想过自己居然要忍受听你讲述你和一个年轻小伙子寻欢作乐的事。"

"你本想让我来猜想你跟一个年轻小姑娘寻欢作乐的事吧。"波勒立刻接道。

"那也比你的事儿正常多了。"他咬着牙说。

波勒气得发抖。她拿过包，站起身。

"我想你还要说说我的年龄吧？"

"波勒……"

罗杰也站起身，跟在她身后。波勒的双眼被泪水模糊，在一道道门里晕头乱撞。他在她的车子旁追上了她。她想发动汽车，但怎么也打不着火。他把手伸进车门，打开被她遗忘的点火开关。罗杰的手……她转向他，露出一副沮丧的面容。

"波勒……你很清楚……我刚刚说的都是混账话。我向你道歉。你知道我心里不是这么想的。"

"我知道。"她说，"我也有不对。这段时间我们最好不要再见面了。"

他闻言愣住，神情迷惘。波勒朝他微微一笑。

"再见了，亲爱的。"

他朝车门俯下身子。

"我离不开你，波勒。"

她迅速把车开走，不愿让他看见她那已经模糊了视线的泪水。她下意识地打开雨刮器，这个举动引得她凄然一笑。现在是一点半。她完全来得及回趟家，冷静下来，重新打扮一番。她既希望又害怕西蒙已经走了，却没想到在大门口撞见了他。

"波勒……您怎么了？"

惊慌之下，他再次用"您"来称呼她。他见我哭过，肯定会可怜我。波勒这样想着，泪水越发奔涌而出。她没有回答。在电梯里，他将她搂在怀里，啜饮她的泪水，央求她别再哭泣，嘴里胡乱发着誓，说要"杀了那个家伙"，让她破涕为笑。

"我现在一定丑死了。"她说道，又感觉这句话已经在书上读过近千遍，在电影院里听过近百次。

片刻之后，她挨着西蒙坐在长沙发上，握住他的手。

"什么也别问。"她说。

"今天不问。但总有一天，我会向你问到底。那一天很快就会到来。我无法容忍有人把你弄哭，尤其不能容忍他居然得逞。"他气冲冲地嚷道，"而我，我呢，我就永远都不能让你哭泣吗？"

她看向他：男人的的确确都是凶猛的野兽。

"你就这么想让我痛苦吗？"

"我宁愿痛苦的是我自己。"西蒙说罢，把脸埋在了波勒的颈间。

傍晚，波勒回到家时，西蒙已将一瓶苏格兰威士忌喝掉了四分之三，当然也没再出过门。他极其庄严地宣告自己曾经有过一些个人烦恼，针对生存的困难发表了一段演说，并在她为他脱鞋的时候，躺在床上沉沉睡去。波勒心中半是感动，半是惊惧。

罗杰站在窗边，眺望着曙光。这是法兰西岛地区的一家农舍旅馆，此处出奇地契合那些疲惫不堪的城里人关于乡村的想象：山丘静谧，农田肥沃，道路两旁竖着广告牌。然而，在这不同寻常的日出时刻，雨水冰凉而浓重的气息袭来，令罗杰想起童年时期遥远而真实的乡村。他转过身，嘴上说"在周末，这可真是个好天气"，心里却想着：妙极了，我喜欢这片雾，如果我能一个人待着多好。在温热的床铺上，梅茜翻过身。

"把窗关上，"她命令道，"真冷啊。"

她将被子扯到肩膀上。尽管身体懒洋洋的，颇为舒坦，但一想到接下来要度过的一整天，在这个陌生的地方，身边是沉默寡言又魂不守舍的罗杰，还有那一望无际的田野……她就害怕得快要窒息。她很想呻吟。

"我都叫你关窗了。"她冷冰冰地说道。

他已经点燃了一支高卢牌香烟，这是今天的第一支。他品着刺鼻却可口的呛辣味道，从清晨的幻想中清醒过来，有点儿迫不及待地期盼着身后的梅茜怒气上升：希望她发火，一下子跳起来，开车回到巴黎去！这样我就能在田野里漫步一整天，还能找一只迷路的小狗来陪我。因为他讨厌孤单。

不过，在发出第二次命令之后，梅茜迟疑了起来。她可以忘记那扇窗户，重新睡去，也可以同他大吵一架。在她依然弥漫睡意的脑海里，类似于"我是个女人，我怕冷，他是个男人，就应该去关窗户"的话语飘来荡去，但与此同时，这天一大早便产生的直觉告诉她：不要去激怒罗杰。

她选择了一个折中的方式。

"你最好还是关一下窗，再去叫个早餐吧，亲爱的。"

罗杰失望地转过身，漫不经心地说：

"亲爱的？'亲爱的'是什么意思？"

她不禁笑起来。他继续说道：

"我不是在逗你笑。你知道'亲爱的'意味着什么吗？你'亲爱'我吗？除了道听途说，你还对'亲爱'这个动词知道些什么？"

看来我是真的腻了，他心想，惊讶于自己说出的那些话。当我开始对一个女人的用词挑三拣四，分手的时刻就快要到来了。

"你怎么了？"梅茜问。

她从床上爬起来，一脸惊恐的样子让他觉得滑稽可笑，而随之露出的一对胸脯也不再让他产生欲望。轻浮。她太轻浮了！

"感情，"他说，"可太重要了。我不过是你一时兴起的艳遇，一个便利的情人。所以不要喊我'亲爱的'，尤其在早上的时候；在夜里这么喊，也就算了！"

"可是，罗杰，"梅茜此时惊惶不安，反驳道，"我爱你。"

"噢！不，什么话也别说了。"他大声嚷嚷，心里觉得既尴尬又欣慰，尴尬是因为他还算老实，欣慰是因为这句话使他们陷入那种十分常见的、他也十分熟悉的境地，即一个男人被不合适的爱人纠缠不休。

他先穿好了裤子，又套上一件粗毛线衫，走了出去，后悔没穿上他的粗花呢外套。毕竟要穿它，他就得绕到床的另一边去拿，而这样会拖累他必须迅速出门的脚步。出了门，他呼吸着冰冷的空气，感到一阵眩晕。他应该回巴黎去，却不跟波勒见面。车子会在新建的公路上打滑，在星期天一片死寂的巴黎，他会去奥特伊门那儿喝杯咖啡。他折回旅馆付清账单，又像做贼似的溜走了。梅茜会把他的外套带回去，他可以叫他的女秘书带上一些鲜花，去她家拿外套。因为我不懂得生活。他这样想着，心中没有一丝愉悦。

第十三章

　　他开了一会儿车，眉头紧皱，接着把手伸向了收音机，突然想起：

　　亲爱，他心想，亲爱，就是波勒和我原来的样子。他对一切失去了兴趣。他已失去了她。

第十四章

一个星期后，波勒一走进公寓，就被烟草味呛得喘不过气。她打开客厅的窗户，喊了声"西蒙"，没有得到回应。一时间，她既害怕又惊讶。她穿过客厅，走进房间。西蒙正躺在床上睡觉，衬衫的衣领敞开着。她又喊了他第二遍，见他没有动静，便回到客厅，打开壁橱，看了看苏格兰威士忌的酒瓶，一脸嫌恶地将它放了回去。她的目光四处搜寻酒杯，却没有找到，于是进了厨房。一只洗过的玻璃杯正在洗碗池里沥着水。她怔了一下，才慢腾腾地脱下大衣，走进浴室，细致地补妆、梳头。她梳头的动作飞快，一边责怪自己爱打扮的样子就像是一个弱点。这行为不正是为了勾引西蒙！

回到房间里，她晃了晃西蒙，又将床头灯打开。他伸了个懒腰，嘴里喃喃念着她的名字，翻过身子面对墙壁。

"西蒙。"波勒冷冷喊道。

西蒙再次翻过身来，露出波勒的丝巾，想必他在睡觉之前就拿它盖在脸上了。对于他的这种恋物癖，波勒倒是嘲笑过很多次，然而这一回她不想笑了，她的心里正憋着一团怒火。她将西蒙翻过来，让他对着灯光。他睁开眼睛，露出微笑，旋即又收住笑容。

"发生什么事了？"

"我有话要同你说。"

"我就知道。"他说完，从床上坐了起来。

波勒站起身，因为她要克制自己，免得不自觉地去拨开垂落在西蒙眼前的那缕黑发。她靠在窗台上。

"西蒙，不能再这样下去了。这是我最后一次对你说，你应该去工作。你现在都会偷偷摸摸地喝酒了！"

"我只是刚好洗了个杯子。你不是很讨厌杂乱吗！"

"我讨厌杂乱，也讨厌谎言和懦弱。"她恶狠狠地说，"我开始讨厌你了。"

他站起身，她能感觉到他伫立在她身后，一脸挫败，但她故意不转过身。

"我感觉得到，"他说，"你再也受不了我了。从深爱到完全不爱，这一步跨得很快，不是吗？"

"跟感情无关，西蒙。问题在于你酗酒，你无所事事，你变得越来越愚笨。我跟你说过要去工作，跟你说了有上百次。这是最后一次了。"

"下一次呢？"

"下一次，我就再也不会见你了。"她说道。

"你就会这样离开我……"他若有所思地说。

"对。"

波勒转过身面对他，开口道：

"听着，西蒙……"

西蒙重新坐回床上，表情怪异地盯着自己的双手。他缓缓抬起手，捂住自己的脸。波勒愣住。他没有哭泣，也没有动弹，但波勒觉得自己从未见过如此绝望的人。

她轻声呼唤他的名字，仿佛要把他从她无法想象的危险中解救出来。她向他走过去。他坐在床边，身子微微晃动，始终没有露出脸来。波勒一时以为他喝醉了，伸出手想让他不再摇晃。接着她用力想掰开他的双手，在他的抵抗之下，她最终跪在他的面前，握住他的手腕。

"西蒙，看着我……西蒙，别再胡闹了。"

波勒掰开了西蒙的手，他望着她。他那张光滑的脸上毫无表情，眼神空洞，如同某些雕像。波勒本能地伸出手去触碰他的眼睛。

"你怎么了？西蒙……告诉我你怎么了？"

西蒙微微俯下身子，把头靠在她的肩膀上，叹了一口气，似乎疲惫至极。

"你不爱我了。"他平静地说道，"无论我做什么都无济于事。从一开始，我便知道你终将丢下我。我一直在等待，想要低头认输，有时候又满怀希望……这才是最糟糕的，有时候我还抱着希望，尤其在夜里。"他压低声音，她感到有些椒然。"今天，这一切终于发生了。从八天前开始，我就有明显的感觉，所以全世界的威士忌都无法让我安心。我能感受到你在渐渐憎恨我。就是这样……波勒，"他说，"还有，波勒……"

波勒已经搂住他，紧紧抱着，热泪盈眶。她听见自己轻声念着安抚的话语："西蒙，你疯了……你只是一个孩子……亲爱的，我可怜的爱人……"她亲吻他的额头、他的双颊，瞬间产生了一个对自己颇为残忍的念头，觉得自己终于走到了母爱的阶段。与此同时，在她身上有某个东西，正固执地热衷于抚慰西蒙身上由来已久的、两人共同的伤痛。

"你累了。"她说，"你在演戏，演一个被抛弃的男人，你是你自己的受害者。我依恋你，西蒙，我深深地依恋你。这段时间，我因为工作有些分心，如此而已。"

"如此而已？你不希望我走吗？"

"今天不了。"波勒微笑道，"但是我希望你去工作。"

"你希望我做什么，我就去做什么。"他说，"躺到我身边吧，波勒。我刚刚吓坏了！我需要你。抱抱我。别再动了。我讨厌这些复杂的衣裙……波勒……"

第十四章

　　随后，波勒躺着不动。西蒙精疲力竭，贴着她轻轻喘息，她把手搭在他的颈背上，陡然升起一种强烈的支配感。这感觉是那么令人心碎而悲痛，于是她认为她爱他。

　　翌日，西蒙出门去工作，跟老板的关系缓和了一点儿，看了几份卷宗，给波勒打了六个电话，向他那安下心来的母亲借了些钱，八点半回到波勒家，一脸不堪工作重负的样子。一天的工作结束后，他先去了一家酒吧，玩了两个小时的421骰子游戏，一心只盼着能够凯旋。他暗自思忖，这真是一个无聊至极的职业，他得耗费多少精力才能打发掉那些空闲的时间。

第十五章

往常，罗杰和波勒会在二月份一起去山上度假一周。两人曾经约定，无论他们的感情状况如何（当时，只有罗杰有感情问题），每个冬天，都要设法保留这个习惯，一起度过几个恬静的日子。一天上午，罗杰在办公室里给波勒打电话，说他十天后要启程，问波勒是否需要为她订一张票。电话那头陷入沉默。一时间，波勒心中惊惧，暗自思索是什么促使他发来这邀请：是他本能地需要她，还是出于愧疚，或是想把她和西蒙分开。也许她只倾向于第一个理由。然而她很清楚，无论他对她说什么，她都无法笃定自己不会在这段旅程中饱受痛苦。与此同时，她想起罗杰在山中活力四射，拖着胆战心惊的她，像一颗炮弹一样冲下坡道。这些回忆让她心如刀割。

"喂？"

"我觉得不太可能，罗杰。那样的话我们就得装作……说到底，就是装作自己不想其他的事情。"

"就是为了什么也不想，我才要出门。我向你保证，我一定可以做到的。"

"我可以和你一起走，如果你……（她本想说'如果你可以想我，想我们'，但她没有说出口）如果你真的需要我去。但其实你自己一个人去，或者……和另一个人去，你都会很开心的。"

"好吧。如果我没理解错，这会儿你不想离开巴黎吧？"

他想到了西蒙，波勒心想，为什么没人能够分开表象和现实呢？同时她又暗自思量，一个月来，西蒙的表象已成为她的生活日常。也许多亏了西蒙，让她身上具备了某种东西，她才得以不假思索地拒绝罗杰的召唤。

"你要这么想的话……"她说道。

电话里一阵沉默。

"这会儿你的气色不太好，波勒，你看起来很累。就算你不和我一起出去，也得去一趟别的地方，你需要的。"

他的声音温柔而哀伤，波勒感到眼泪涌上了眼眶。是的，她需要他，她需要他时时刻刻保护她，而不是大打折扣，缩减到提议的这十天。他应该明白这一点的。任何事情都有限度，即便是男人的自私，也是如此。

"我当然会去别的地方。"她说，"我们可以互相寄一些明信片，从一个山顶寄到另一个山顶。"

罗杰挂了电话。终其究竟，他也许只是在向她求助，而她拒绝了。这便是她对他的深情厚谊！不过，她同时隐约感觉到自己是对的，她有权利提出严格要求，也有权利为此感到痛苦——这也几乎是义务。毕竟，她是一个被深爱着的女人。迄今为止，她和西蒙两人时常同去街区附近的小餐馆吃饭，总是单独在一起。但这天傍晚回家时，她发现西蒙站在家门口，身穿一套深色礼服，头发梳得整整齐齐，神色庄重。又一次，她注意到他的俊美，那双像猫一样狭长的眼睛，那张形状完美的嘴。她觉得十分有趣，这个整日埋在她裙底期盼着她的小男生，平时却长着一副粗野大兵和芳心刽子手的模样。

"打扮得多斯文哪！"她说道，"有什么事儿吗？"

"我们出门去。"他说，"一起去一家豪华餐厅吃晚餐，再跳个舞。如果要在这儿吃两个煎鸡蛋，我也挺乐意的。不过，我还是很想带你出去。"

西蒙帮她脱下大衣。波勒注意到他浑身上下洒满了淡香水。在她的卧室里，床上摊着一条晚礼服裙，领口开得很低，她从前穿过两次。

"我最爱这条裙子。"西蒙说，"你想来一杯鸡尾酒吗？"

他已经调制好鸡尾酒，都是她喜欢的。波勒坐在床上，一头雾水——像是刚从山上下来，就去参加一场上流社会的晚宴。

她朝他微微一笑。

"你开心吗？至少你不累吧？如果你想的话，我可以立刻脱下这身礼服，我们一起待在这里。"

西蒙单膝跪在床上，做出脱下外套的动作。波勒靠着他，一只手钻入他的衬衫底下，掌心感受他肌肤的热度。他充满活力，如此生机勃勃。

"这个主意很不错。"她说道，"你一定要我穿这条裙子吗？我穿上它看起来有点儿疯。"

"我喜欢你什么都不穿。"他说，"这是你露得最多的一件。我可找了好久呢。"

波勒端起酒杯，把酒喝了下去。她本该独自一人回到公寓，躺在床上读一本书，心情有点儿悲伤。这是和西蒙在一起之前惯常的样子。可是西蒙就在这里，笑着，乐着，她也和他一起欢笑。他说什么都要她教他跳查尔斯顿舞[1]，眉飞色舞地将她一下子说老了二十岁，而她在地毯上磕磕绊绊地跳舞，气喘吁吁地跌入他的怀抱，他将她紧紧搂住，她便笑得更欢了，什么罗杰、雪、伤感，统统都抛诸脑后。她变得年轻又美丽，把他推到门外，给自己化了一个略显妖媚的妆容，再穿上那条放荡的裙

1　二十世纪二十年代流行于欧洲的一种摇摆舞。

子。西蒙急不可耐，把门敲得咚咚直响。待到波勒走出房门，西蒙看得神魂颠倒，在她的肩膀上落满了吻，让不胜酒力的她饮下第二杯鸡尾酒。她觉得很快乐，无比快乐。

酒馆里，波勒认出了坐在隔壁桌的两个女人。她们比她年纪稍长，偶尔同她一起工作，此时见到她，便惊讶地朝她露出微笑。当西蒙起身带她去跳舞时，她听见这样一小句话："她现在多大年纪了？"

她靠在西蒙怀里。什么兴致都毁了。这条裙子穿在她这个年纪的女人身上，实在滑稽可笑。西蒙有些太过耀眼，她的生活也有点儿太过荒唐了。她恳请西蒙送她回去。他没有提出异议。她知道，他也听见了。

波勒迅速脱下衣裙，西蒙还在谈论管弦乐队，她很想把他打发走。当他脱衣服的时候，她在黑暗中躺下。她不该喝那两杯鸡尾酒，还有那杯香槟，明天她的脸色定会憔悴不少。忧伤令她头晕目眩。西蒙回到房间里，在床边坐下，一只手覆在她的额头上。

"今晚不要，西蒙，"她说，"我累了。"

他没有回应，一动也不动。逆着浴室的灯光，她看见他的侧影，歪着头，仿佛在沉思。

"波勒，"他终于开口，"我得和你谈谈。"

"太晚了，我困了。明天吧。"

"不，"他说，"我想立刻跟你谈。你听我说。"

波勒闻言惊得睁开了双眼。这是他第一次对她施威。

"我跟你一样，也听见那两个老娘们儿在我们背后说的话了。我无法容忍那句话害得你心神不宁。它不值得你这样，它太过卑鄙，也伤害了我。"

"但是，西蒙，这点小事儿，你不必大惊小怪……"

"我不是在大惊小怪，反倒是我想让你别把这件事看得太严重。这些想法你自然会瞒着我，可你不该瞒着我。我不是一个小男孩，波勒，我完全有能力理解你，也许还能帮助你。跟你在一起，我非常幸福，你知道的。可我的野心不止于此：我希望，你、你和我在一起时也很幸福。目前，你太过于依恋罗杰，所以很难感到幸福。但你必须打心底里愿意将我们的感情视为一件好事，你应当帮助我一起经营这段感情，而不是将它当作一场欢愉的邂逅。这就是我想说的。"

他说得从容不迫，却也用尽全力。波勒听着他的话，心中诧异，又萌生出一种希冀。从前，她只觉得他懵懂，其实并非如此，他还认为她可以一切从头再来。或许吧，她究竟能不能……？

"我并不是一个不顾后果的人，你知道的。我二十五岁了，在遇到你之前，我从来没有享受过生活；如果要同你分开，那我也一定无法好好活着。你就是我必不可少的女人，尤其是我必不可少的人，我很明白这一点。如果你愿意的话，明天我就同你结婚。"

"我三十九岁了。"她说。

"生活不是一本女性杂志，也不是一套陈词滥调。你比我年长十四岁，我爱你，我还会爱你很久很久，如此而已。而且，我不允许你自降身价去迎合世俗的眼光，比如贬低自己去同那些讨厌的老太婆一般见识。对于你，对于我们，问题就在于罗杰。除此之外，别无其他。"

"西蒙，"她说，"我向你道歉……我原本以为……"

"你没想过我会有所思考，就是这样。现在，你往里靠一靠。"

西蒙钻到她的身边，吻她，同她做爱。她不再拿疲累当借口拒绝，品尝到了西蒙从未让她体会过的一种强烈快感。事后，他轻抚着她汗湿的前额，一反常态，让她的头靠着他的肩窝，为她盖上被子，动作小心翼翼。

"睡吧，"他说，"我会收拾好一切。"

在黑暗中，她露出一个柔软的微笑，嘴唇贴着他的肩膀。他以一副主人的姿态，高傲而平静地接受她的亲热。西蒙久久未能入眠，想到自己的坚决，感到既恐惧又骄傲。

第十六章

　　复活节将至，西蒙日日埋头研究各种地图，它们或是藏在老板给他的卷宗下，或是铺展在波勒家的地毯上。他已经构想了好几条旅行路线，意大利两条，西班牙三条，现在又犹豫着要不要去希腊一趟。波勒听着他的计划，一言不发。她最多只想安排十天去旅行，她现在太累了，甚至没法坐火车。她更想到乡下找个房子度假，每一天过着差不多的生活，简言之，像童年一样！可她又不忍心给西蒙泼冷水。他自觉已是一个十足的旅行者，跳下车厢，将她扶下火车，领着她走向一辆十天前就租好的小汽车，乘着它去城里最好的旅馆，住进一

间他提前拍电报请人布置好鲜花的客房；可他忘了自己
从来都不会与人通信，也不知道要保存好票据。他在幻
想，不停地幻想，而他所有的幻想都向着波勒奔去，犹
如一条条汹涌的江河奔流汇入一片宁静的大海。这几个
月里，他感受到从未有过的自由：他每一天都待在同一
间办公室，每一夜都守在同一个人身边，在同一间公寓
里，沉溺于同一个愿望，操心着同一个问题，遭受着同
一种痛苦。波勒依然会时不时地逃避，移开视线，在听
见他深情热烈的话语时只是温柔地微笑。每次一说到罗
杰，波勒总是闭口不言。西蒙常常觉得自己在进行一场
荒唐的斗争，这场斗争令人筋疲力尽却毫无出路，因为
时间，他清楚地感受到，时间在流逝，而他一无所获。
他并非要抹去关于罗杰的回忆，而是要杀死波勒身上的
某样东西，它属于罗杰，一种坚不可摧的痛苦根源，波
勒坚贞不渝地背负着它。西蒙有时暗自思忖，是不是她
身上的这种坚贞不渝，这种心甘情愿的痛苦，令他爱上
了她，甚至也许还维持着他的爱意。然而，他最常想的
是：波勒在等我，一个小时后，我要将她抱在怀里。似

乎对他而言，罗杰从未存在过，波勒爱着他——是他，西蒙——一切都很简单，闪耀着幸福的光芒。他将他们之间的情投意合当作一件不言而喻的事，当作一件她只能承认的事实强加给她，正是在这些时刻，波勒更喜欢他了。她已经受够了自己的保留态度。然而，当她独自一人时，想到罗杰过着没有她的生活，她便觉得自己犯下了一个致命的错误，她惊慌地思索，他们是如何走到这一步的——她口中的"他们""我们"，说的永远都是罗杰和她，而西蒙，则是"他"。不过，罗杰对此一无所知。待到罗杰厌倦了独自生活，便会来到她的身边，向她诉苦，大概会努力挽回她。也许他能得偿所愿。那时西蒙将受到彻彻底底的伤害，而她则再次回归孤单，等待着那些不一定会打来的电话，以及一定会遭受的种种小创伤。她在反抗自己的宿命，抵抗着这一切都无法避免的感觉。而她的生命中，有一个无法避免的人：罗杰。

不过，这并不能阻止她和西蒙一起生活，夜晚在他的怀里叹息，也无法阻止她偶尔在某种冲动下紧紧拥抱西蒙。这种冲动只有孩童或者特别娴熟的爱人才会产生，表现出极强的占有欲，又因这占有脆弱不堪而滋生极度的忧惧，于是连她自己都察觉不出这冲动有多么强烈。在这些时刻，波勒近乎暮年，体会到暮年之爱那种独一无二的绝妙激情。然而过后她又责怪自己，责怪罗杰，怪罗杰没有强迫她离开他，怪罗杰不在此处。当罗杰同她做爱时，他是她的主人，她是他的所有物，他的年纪和她差不多，一切都符合某些道德或审美的准则，而她至今从未怀疑过自己在维护这些准则。西蒙则不觉得自己是她的主人。他下意识地装腔作势，却没想到这会导致其失败：他采取的是一种完全依赖顺从的态度，由此得以依偎在女友的肩上睡觉，仿佛在向她请求保护，还会在黎明时分起床为她准备早餐，最后演变成事事都要征询她的意见。这种态度虽令波勒感动，但也让她隐隐有些尴尬，就像遇上反常的事情一样不大自在。她敬重西蒙，他现在去工作了。他之前带她去凡尔赛旁听了一场审判。在法庭上，他演了一出年轻律师的绝妙好戏：他同别人握手，摆出一副高傲的派头对记者们微笑，时时转向她，仿佛她是他运转的中心；在对着那些陌生人做口头辩论时，他间或停下来，回过头去看她，悄悄确认她是否在看着他。不，他并没有对她摆出一副冷漠疏离的样子。她也注视着他，目光中满是钦慕和兴味，而当他转过身背对她时，这目光又化为爱慕与某种自豪了。女人们都在不停地看他。她感觉很美好，有个人在为她而活。终于，在她心目中，他们之间的年龄差距不再成为问题，她不再问自己：十年之后，他还会爱我吗？十年之后，她会是独自一人，或者和罗杰在一起。她心里的某个东西在固执地向她重复这一点。对于这种口是心非，她也无能为力，于是她对西蒙的柔情便倍加深厚："我的受害者，我亲爱的受害者，我的小西蒙！"这是她第一次，品尝到这种恶劣的乐趣：爱一个人，又不可避免地让他痛苦。

这"不可避免"及其带来的后果：有朝一日，西蒙会向她发问，身为一个痛彻心扉的男人，他也有权利向她发问，而那些问题会令她惊惶不已。"为什么比起我，您更喜欢罗杰？我每日为您献上浓烈的爱情，那个不专一的粗人为何能胜过我？"光是想到她必须解释罗杰其人如何，她就已经开始惊慌失措了。她不会说"他"怎么样，而会说"我们"怎么样，因为她无法将他们两人的生活区分开。她也不知道为什么。也许是因为六年来她为他们的爱情所做的努力——那些连续不断的、痛苦不堪的努力，在她看来，终究变得比幸福还要珍贵。也许是因为骄傲使她无法容忍自己的努力落得一场空，也许是因为她身上的傲气在屡遭打击之下不断地滋长，最终干脆选择罗杰，接受他作为自己的主人，让自己继续受苦。最后一个原因，他总是在逃避她。而这场没有把握的斗争，已然成为她存在的理由了。

可是，波勒并非生来就是为了斗争的。她有时会一边在心里想着这件事，一边逆着抚摩西蒙丝绸般柔软顺滑的头发。她本可以轻松地游走于生活之中，就像她的手在西蒙的发丝间穿梭一般；她将这个想法轻声告诉他。他们俩在漆黑的夜里这样待着，好几个小时之后才沉沉睡去。两人手拉着手，喁喁私语。她时不时会产生一种古怪的感觉，觉得自己正和一名十四岁的女同学在一间阴森森的宿舍里，女生们小声谈论着上帝或者男人。她轻声呢喃，西蒙因这略显神秘的气氛兴奋不已，也跟着压低了声音。

"你的生活本来会是什么样子？"

"我本来会和我的丈夫马克在一起。他很温柔，实际上，他是个十足的上流社会绅士，也很有钱……我本想试着……"

波勒努力向他解释。她的人生是如何因为一个草率的决定，骤然变了一种生活方式，如今一头扎进职业女性艰难而屈辱的复杂世界：奔波劳碌，物质烦恼，微笑，沉默……西蒙听着，试图从这些回忆中理出某种与她的爱情有关的东西。

"所以呢？"

"所以，我觉得那样生活也挺好，也许我会漫不经心地欺骗马克，我不知道……不过，我可能会有个孩子。只为这一点……"

她不作声了。西蒙紧紧抱着她，他想要一个她的孩子，他什么都想要。她笑了，用嘴唇爱抚他的眼睛，继续开口道：

第十六章

"二十岁的时候，情况不一样。我记得清清楚楚，我当时下定决心要过得幸福快乐。"

是的，她记得很清楚。那时她步履匆匆地在街道上、在沙滩上行走，心中怀着急切的渴望。她不停地走，不停地寻找一张面孔，一个念头——一个猎物。幸福的意愿在三代人的头顶上盘旋过后，又笼罩在她的头顶上。没有什么阻碍，从来都没有足够艰难的阻碍。现如今，她不再力求争取，只求能够守住。一份职业和一个男人——这两者是她从很久以前就开始努力去守住的，而到了三十九岁，她仍然没有把握。西蒙在她身旁睡着了，她喃喃道："亲爱的，你睡了吗？"听见这句话，他半醒过来，矢口否认。在黑暗中，在她的香气里，在他们交融的体温中，他紧紧贴着她，感到幸福无比。

第十七章

这是罗杰抽的第三十支烟，在堆满的烟灰缸中碾灭烟蒂的时候，他就感觉到了。他有些倒胃口，打了个哆嗦，重新打开了床头灯。现在是凌晨三点，他还未能入睡。他猛地打开窗户，冰冷的空气迎面扑来，袭向脖颈，寒气刺骨，他只好重新关上玻璃窗，倚在上面，仿佛在"观看"寒冷。终于，他不再望着空荡荡的街道，而是瞥了一眼镜子，旋即移开视线。他不爱看自己。他从床头柜上拿起一盒高卢牌香烟，机械地抽出一根烟叼在嘴上，又立刻将它取下。这些机械性动作，原本为他带来生活中大部分的趣味，如今他却不再喜欢了；他不再喜欢这

些属于孤独男人的动作，不再喜欢烟草的味道。他大概
是病了，应当保重身体。失去波勒，他当然十分懊恼，
但也不至于落到这步田地。这个时候，她大概正在那个
备受宠溺的小伙子怀里沉睡，已然忘掉一切了吧。而
他，罗杰，只能出门去，找个娼妇，喝点儿酒。况且，
如此也应了她的猜想。他能感觉得到，她从来都没有真
正地敬重他。她总认为他粗鲁而蛮横，尽管他已将他身
上最美好、最稳重的一面献给了她。女人都是这样：她
们似乎要求一切，给予一切，让你不知不觉沉浸在完全
的信任之中，却会在某一天，为一点儿无足轻重的小
事，就此消失不见。毕竟就波勒而言，没有什么事能比
她与西蒙的私情更加微不足道了。然而，此时此刻，那
个小子正将她搂在怀里，俯向那张仰起的脸庞，俯向那
副身子，它是那么柔软，那么耽于情欢，那么……他忽
地转身，走回卧室，终于把香烟点燃，急不可耐地大口
吸着烟，接着将烟灰缸里的烟灰倒进壁炉中。他本该去
生火。每次波勒来都会生火，她会跪在壁炉前，照看新
生的火苗，把火烧旺的动作是那么灵巧、那么从容；接

着她会站起身，稍稍向后退，整个房间便被映得通红，光影摇曳，气氛躁动，于是他渴望做爱，并将这欲望告诉了她。但那已经是很久之前的事情了。从什么时候开始，波勒便再也没有来过？两年，也许三年？他已习惯去她的家里找她，这样要容易得多，她总是在等着他。

罗杰一直把烟灰缸拿在手里，忽然松开手，烟灰缸在地上打了个滚，完好无缺。他更希望这东西摔碎，脱离死气沉沉的状态，希望它发出碎裂的声响，留下一地残骸。然而这个烟灰缸没有摔碎。那爆裂声只在小说和电影里才会发出，而且还得是在波勒公寓里随处可见的那种小巧精致的玻璃烟灰缸，而不是这种在一价商店里购买的结实商品。他恐怕已经在波勒家里摔碎了上百个不同的物件，而她总是一笑了之。最近一次，打碎的是一个极其精巧的水晶玻璃杯。威士忌盛在其中，玻璃杯会呈现出一种不同寻常的金褐色。此外，他是那座公寓的主宰，所有东西都讨人喜欢。一切都井井有条，温柔而宁静。然而，每当他在夜里离开那儿的时候，总会有一种逃脱之感。如今他独自在家，为一个打不碎的烟灰缸发一通无意义的怒火。他躺回床上，熄了灯，承认自己是痛苦的，片刻之后便睡着了，一只手放在心口上。

第
十
八
章

一天晚上，他们在一间餐厅门口相遇，三人上演了一小段在巴黎十分常见、经典而怪诞的芭蕾舞剧：她远远地朝那个她曾经靠着肩膀呻吟、叹息、酣睡的男人点了点头，他也不情不愿地向她点头致意，西蒙盯着他看了一会儿，很想揍他，但没有动手。他们分别在两张相距颇远的餐桌旁坐下，她点好餐，没有抬眼。在餐厅老板以及那些认识波勒的顾客眼里，这是再平常不过的一幕了。西蒙语气坚决地点了酒；另一张餐桌旁，罗杰询问他的女伴更爱喝哪种鸡尾酒。终于，波勒抬起眼，冲西蒙微微一笑，朝罗杰的方向望去。她爱他，从她在门口见到他一脸固执的模样时起，这显而易见的事实便让她心神不宁：她还爱着他，她从一段徒劳无益的长眠中清醒过来。罗杰反过来望向她，试着露出一个微笑，转瞬便止住了。

"您喝点儿什么，"西蒙问，"白葡萄酒？"

"有何不可呢？"

她盯着自己放在桌子上的双手、摆放齐整的餐具、贴着她赤裸手臂的西蒙的袖子。她喝酒喝得很快。西蒙说着话，却不似往常那般生气勃勃。他似乎在等待她——或者罗杰——做出点儿什么。但是做什么呢？她会不会站起身来，对他说"请原谅我"？她会不会穿过大厅，对罗杰说"够了，我们回去吧"？这不可能发生。在这个时候，无论是出于理性还是感性，什么都不可能发生。

晚餐结束后，他们一起跳舞。她瞧见罗杰怀里搂着的那个棕发女人，约一次也还不算差，罗杰在她面前摇摇晃晃，像往常一样笨拙。西蒙站起身，他很会跳舞，双眼微微眯起，身段灵活而纤细，低声哼着歌，她任由他带着。某一刻，她赤裸的手臂擦过罗杰紧贴在棕发女人背上的手，她睁开双眼。他们望着彼此——罗杰、波勒，各自隔着"另一位"的肩膀。这是一首慢狐步舞曲，没有节奏，也不用什么动作。他们隔着十厘米的距离凝望对方，面无表情，没有微笑，看起来互不相识。突然，罗杰的手松开那个女人的背，伸向波勒的胳膊，指尖从上面轻轻擦过，脸上露出一副苦苦哀求的表情。波勒不忍地闭上眼睛。西蒙回过头去，他们已经错开了眼神。

那天夜里，波勒拒绝同西蒙睡觉，推说自己累了，其实并没有。她躺在床上，久久未合眼。她知道将要发生什么事，她知道，没有，从来都没有其他可能的解决方式，于是她无奈妥协，在黑暗中，喉咙微微发紧。夜半时分，她起了床，走进客厅，西蒙躺在长沙发上。她看见卧室里斜射出来的灯光，映照着年轻男人平躺的身体、起伏的呼吸。她望着他陷在枕头里的脑袋，两截颈椎骨之间的小沟。她望着自己的青春在酣睡。然而，当他哼哼着翻过身来面向灯光时，她落荒而逃。她已经没有勇气再同他说话了。

第十八章

　　翌日清晨，罗杰的气压传送信已在波勒的办公室里等着她。"我得同你见一面，不能再这样下去了。给我打电话。"她打了电话。他们约定晚上六点钟见面。然而十分钟后，他就来了。在这间女性商店里，他显得身形庞大，不知所措。她向他走来，将他带入一间摆满镀金藤椅的小会客室里，噩梦一般的布景！唯独此刻，她才看向他。这才是他。他朝她迈了一步，双手按住她的肩膀。他有点儿结巴，显露出心里极其激动的情绪：

　　"我好痛苦。"

　　他说。

　　"我也是。"她听见自己这样回答，向他靠得更紧一点儿，终于流下了眼泪，心里一边祈求西蒙能原谅她说的这句话。

　　他把脑袋贴在她的发丝上，说道："好啦，你别哭啦。"声音有些笨拙。

　　"我努力过，"她终于开了口，语气歉疚，"我努力过了……真的……"

　　接着她心想，这句话不该对他讲，而应该对西蒙说才是。她脑子里一片混沌。时时刻刻都要当心，永远不能将所有事情都告诉同一个人。她继续哭泣，脸一动不动。他沉默不语。

"说点儿什么。"她喃喃道。

"我太孤单了，"他说，"我思考过了。你坐在这儿，拿着我的手帕，我来向你解释。"

他向她解释了起来。他解释说，应该看好女人，是他从前不够谨慎，现在他已经明白这一切都是他的错。他并没有责怪她轻率的行为。两人以后不要再谈论这件事了。她说道："好，好，好，罗杰。"既想继续大哭，又想放声大笑。同时，她闻着他的身体和烟草散发出来的熟悉气味，感觉自己得到了拯救，又觉得自己完了。

十天之后，她在自己家里，最后一次和西蒙单独在一起。

"你忘了这个。"她说。

她递过去两条领带，并不看他，感到筋疲力尽。她已经花了两个小时帮他收拾行李。年轻的情人行李并不多，却十分混乱。他们从各个角落里翻出西蒙的打火机、西蒙的书、西蒙的鞋。他一言不发，举止从容稳重，心里十分清楚，是什么在扼住他的咽喉。

"好了。"他说，"剩下的东西，您只要放在门房那儿就行了。"

她没有回答。他环视一周，尽力去想这是最后一次，最后一次，可他做不到，身体不可抑制地颤抖。

"我不会忘记。"波勒说完，抬起眼望向他。

"我也不会。这是另一回事，"他说，"另一回事。"

他脚步摇晃，行至半路，朝她露出一张灰败的面容。又一次，她伸出双臂扶住他，支撑住他的忧伤，一如她曾经支撑住他的幸福。她不由得羡慕他能拥有如此剧烈的忧伤。这样浓重的忧伤，这样深刻的苦痛，她永远不会再有了。他猛地挣脱开来，不顾行李便冲了出去。她追在他身后，趴在楼梯扶手上，呼唤他的名字"西蒙，西蒙"，她不知为何又添了一句："西蒙，现在我老了，老了……"

可他听不见。他在楼梯间奔跑，热泪盈眶，像个无

比幸福的人一样奔跑。他二十五岁。她轻轻关上门，倚
在上面。

八点钟，电话铃响了。还没拿起听筒，她便知道自
己会听见什么。

"抱歉，"罗杰说，"我有一顿商务晚餐，晚点儿才能
过去，不然……"

图书在版编目（CIP）数据

你喜欢勃拉姆斯吗……/(法) 弗朗索瓦丝·萨冈著；
许翡玎译. -- 杭州：浙江人民出版社，2025. 4.
ISBN 978-7-213-11540-0

Ⅰ. I565.45

中国国家版本馆CIP数据核字第20244HN191号

浙 江 省 版 权 局
著作权合同登记章
图字：11-2024-320号

你喜欢勃拉姆斯吗……

NI XIHUAN BOLAMUSI MA……

［法］弗朗索瓦丝·萨冈　著　许翡玎　译

出版发行	浙江人民出版社（杭州市拱墅区环城北路 177 号　邮编　310006）
责任编辑	祝含瑶
责任校对	汪景芬
封面设计	一　九
电脑制版	书情文化
印　　刷	河北鹏润印刷有限公司
开　　本	787毫米×1092毫米　1/32
印　　张	5.5
字　　数	76千字
版　　次	2025年4月第1版
印　　次	2025年4月第1次印刷
书　　号	ISBN 978-7-213-11540-0
定　　价	48.00元

如发现印装质量问题，影响阅读，请与市场部联系调换。

质量投诉电话：010-82069336